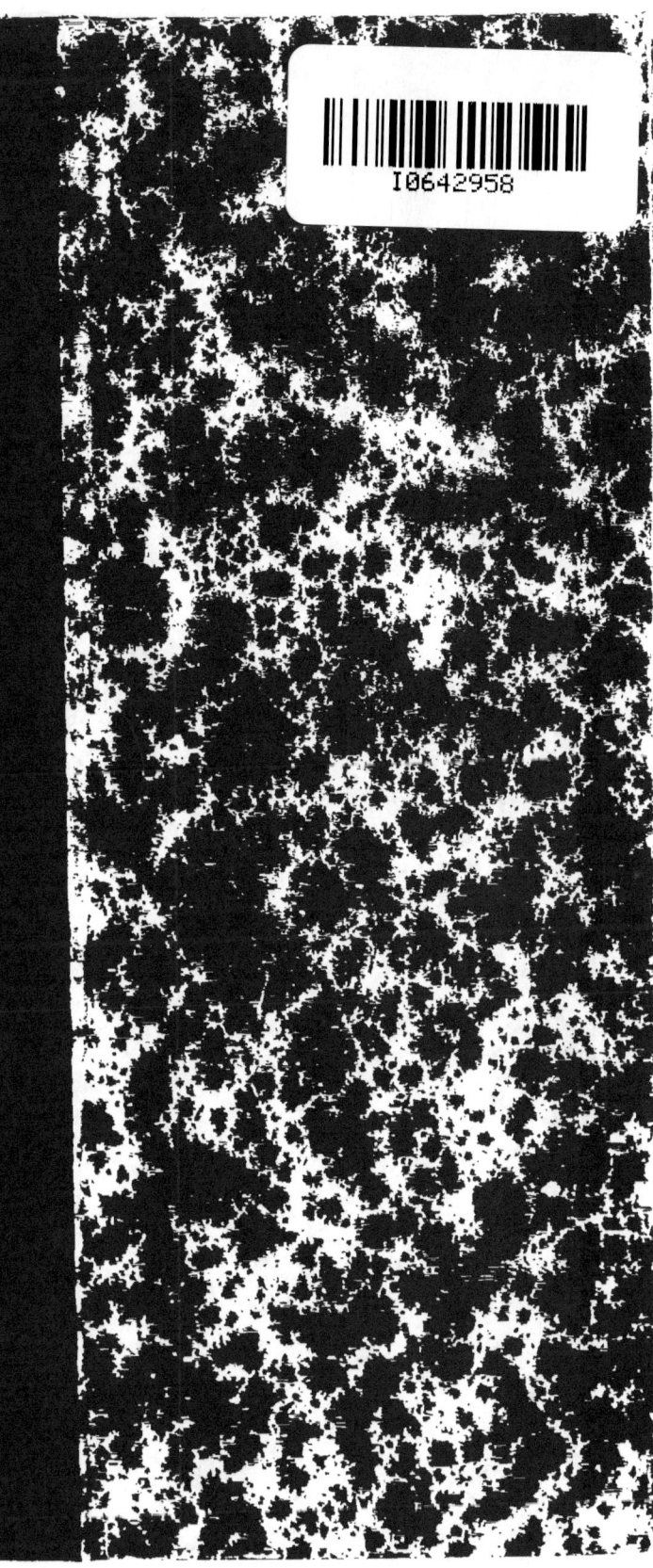

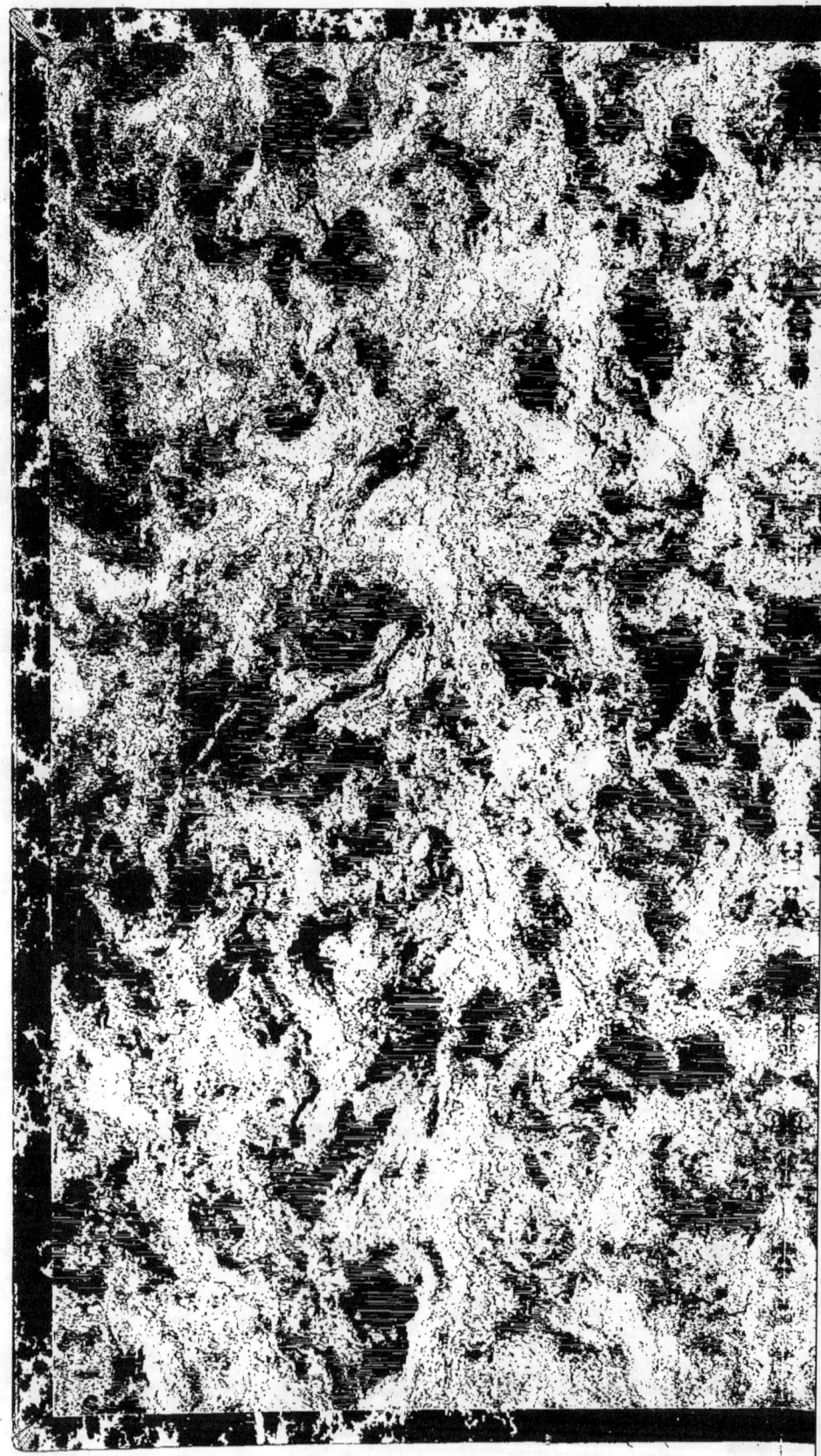

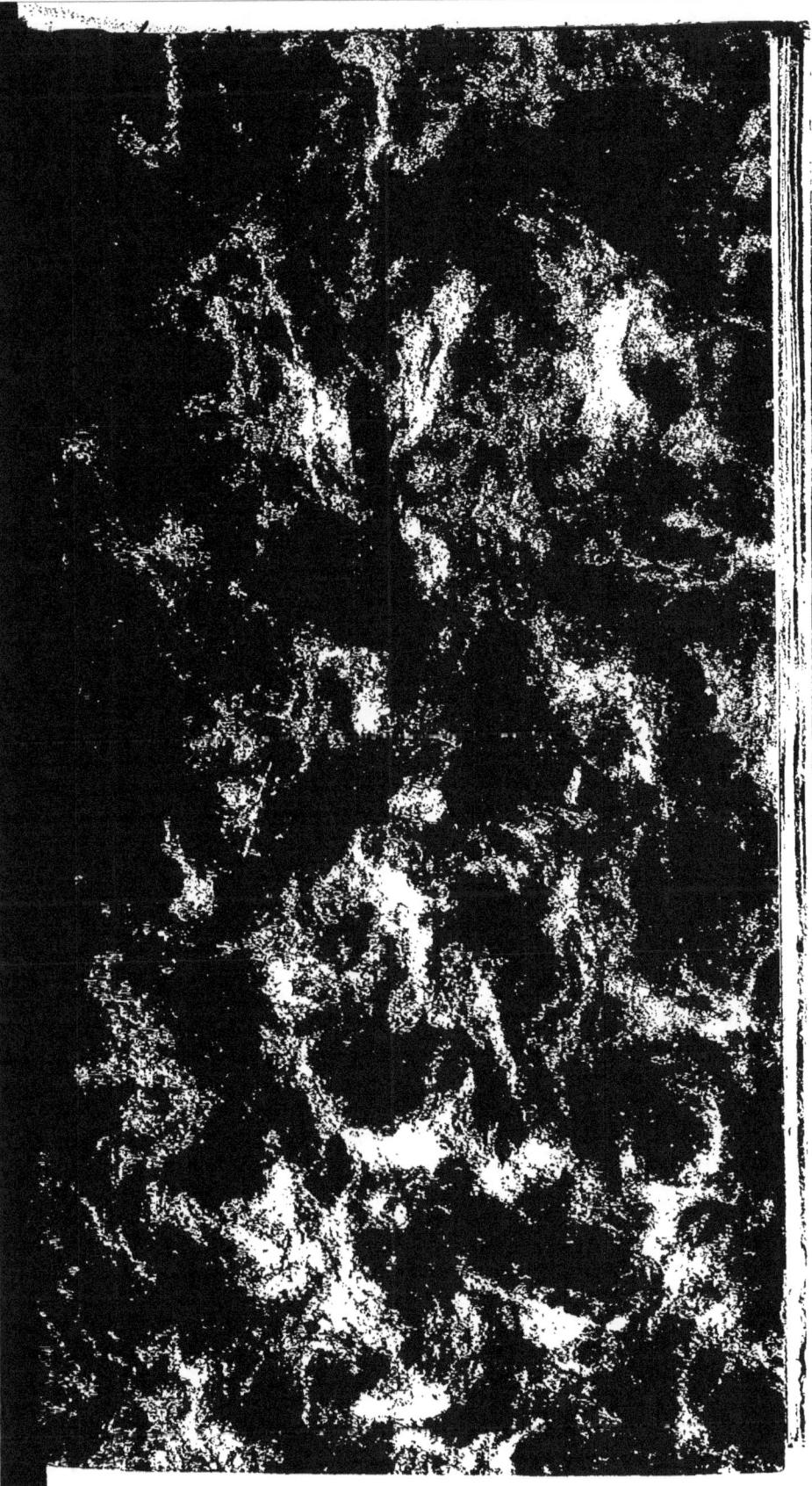

ŒUVRES CHOISIES

DE

LE FRANC

DE POMPIGNAN.

TOME SECOND.

ŒUVRES CHOISIES

DE

LE FRANC

DE POMPIGNAN.

TOME SECOND.

EDITION STEREOTYPE
D'APRÈS LE PROCÉDÉ DE FIRMIN DIDOT.

A PARIS,

DE L'IMPRIMERIE ET DE LA FONDERIE STERÉOTYPES
DE P. DIDOT L'AÎNÉ, ET DE FIRMIN DIDOT.

1813.

POÉSIES DIVERSES.

POÉSIES DIVERSES.

LES VERS DORÉS

DES PYTHAGORICIENS. (1)

CRAINDRE, adorer les dieux, c'est la premiere loi
Révere du serment l'irrévocable foi.
Bienfaiteurs des humains, les héros et les sages
Des cœurs reconnoissants exigent les hommages.
Sois parent serviable et fils respectueux ;
Que ton meilleur ami soit le plus vertueux ;
Défere à des conseils modérés, salutaires ;
Ne romps point l'amitié pour des fautes légeres ;
Autant que tu le peux observe ce devoir,
Et tu le peux toujours si tu sais le vouloir.
Aux sens, aux passions commande avec empire ;
Domte les mouvements que la colere inspire.
Surmonte le sommeil, crains la table et l'amour ;
Ne fais rien qui ne puisse éclater au grand jour,
Rien qui blesse en secret ton respect pour toi-même.
Que l'exacte équité soit ta regle suprême ;
Que la raison t'apprenne en tous temps, en tous lieux,
A juger par ses lois comme à voir par ses yeux ;

(1) La traduction que je donne ici des fameux vers
dorés de l'école de Pythagore, est libre, mais fidele.
J'en ai retranché tout ce qui n'est que vision ou super-
stition de la secte Pythagoricienne, comme le nombre
quartenaire, et les préceptes qui concernent les aliments. A cela près, cet excellent morceau de poésie
méritoit de passer dans notre langue. La morale en est
sublime, et les vers parfaitement beaux.

A n'oublier jamais, dans tes jours peu durables,
Que les plaisirs sont courts, les grandeurs périssables,
Que nos biens sont en butte aux caprices du sort,
Et qu'il n'est rien pour nous de certain que la mort.
Accepte sans murmure, et souffre avec courage
La portion de maux qui t'écheoit en partage.
Cherche à les adoucir, et crois que le destin
Ne livre point le juste à des malheurs sans fin.

Distingue les discours qui sont faits pour instruire
De ceux dont l'art brillant n'est propre qu'à séduire.
Garde-toi d'admirer leurs dangereux défauts;
Mais profite du vrai sans t'irriter du faux.
Dans le meilleur parti, malgré l'effort contraire,
Que ton choix décidé constamment persévere.
Délibere long-temps, consulte avant d'agir,
Si de tes actions tu ne veux pas rougir.
Malheureux qui trop tard connoît son imprudence!
Préviens les repentirs de l'inexpérience,
Et laissant les objets que tu ne saurôis voir,
N'apprends, pour être heureux, que ce qu'on peut
        savoir.

De ton corps avec soin ménage les services.
Sois sobre en tes repas comme en tes exercices;
Tu préviendras ainsi les maux et la douleur.
Dans tes foyers sans luxe, habités par l'honneur,
Que la propreté regne avec la modestie;
Trop de faste révolte, il excite l'envie.
La sordide avarice engendre le mépris;
Evite en tout l'excès : nul bonheur qu'à ce prix.

Avant que le sommeil te ferme la paupiere,
Sur tes œuvres du jour porte un regard sévere.
Ce jour que je finis, comment l'ai-je employé?
Quel devoir ai-je enfreint? quel autre ai-je oublié?
Qu'ai-je dit? qu'ai-je fait? Sonde aussi tes pensées.
Tes actions, ainsi devant toi retracées,
Répandront dans ton cœur la joie ou les regrets,

Et tu seras jugé par tes propres arrêts.
Cette heureuse habitude affermira ton ame
Dans les saintes vertus dont le desir t'enflamme.

Ne fais, n'entreprends rien sans invoquer les dieux;
Tu sauras, éclairé d'un rayon précieux,
Que les êtres divins et la race mortelle
Sont distincts, mais liés par la chaîne éternelle (1),
Et qu'enfin la nature, en ce vaste univers,
Est la même partout sous des aspects divers.
Apprends par cette étude, et jamais ne l'oublie,
Qu'espérer l'impossible est orgueil ou folie.
De ses propres revers l'homme est souvent l'auteur.
Les dieux à ses côtés ont placé le bonheur;
Il le voit et le fuit, court après des chimeres,
Et s'obstine à serrer le nœud de ses miseres.
Peu savent le briser. Infortunés mortels!
Vous roulez au hasard parmi des maux cruels.
La révolte du cœur avec nous prit naissance;
Il faut, sans l'irriter, la réduire au silence.
Grand Dieu! que de malheurs épargnés aux humains,
S'ils connoissoient leur être et tes sages desseins (2)!

Mais pour toi, prends courage, et, dans ton origine,
Distingue mieux les traits de l'essence divine.

---

(1) Les philosophes Pythagoriciens divisoient en trois classes les êtres raisonnables. Les dieux composoient la premiere; les héros et les démons ou génies remplissoient la seconde; les hommes la troisieme. Ces trois classes, quoique distinctes et différentes par leur essence et par leurs attributs particuliers, étoient cependant des parties d'un même tout, et formoient par leur réunion l'ensemble, l'ordonnance et la perfection de l'univers.

(2) C'est exactement la même pensée que celle de Job, chap. XXIV, v. 1. « Pourquoi les temps ne sont-ils pas inconnus au Seigneur; et pourquoi ceux qui le connoissent n'ont-ils pas vu ses jours? »

Econte la nature, elle parle, et sa voix,
Par des signes sacrés, fait connoître ses lois.
Instruit par elle, exempt de nos divers caprices,
Tu fouleras aux pieds les erreurs et les vices;
Et lorsqu'un jour la mort dissoudra ce limon
Qui formoit pour ton ame une obscure prison,
Sur un char éclatant, conduit par la Sagesse,
Loin du triste séjour de l'humaine foiblesse,
Tu rejoindras ta sphere, et monteras aux cieux,
Impassible, immortel, et pur comme les dieux.

DÉPART D'OVIDE,

Elégie troisieme du premier livre des Tristes.

Aurillac, avril 1738.

Toi qui vis mes beaux jours s'éclipser dans tes
    ombres,
Toi qui couvris mes pleurs de tes nuages sombres,
O Nuit! cruelle Nuit, témoin de mes adieux,
Sans cesse ma douleur te retrace à mes yeux.
  Bientôt du haut des airs l'amante de Céphale
Alloit de mon départ fixer l'heure fatale.
L'usage de mes sens tout-à-coup suspendu
Dérobe à mes apprêts le temps qui leur est dû.
Mon cœur ne peut gémir, ordonner, ni résoudre,
Semblable à ce mortel qui voit tomber la foudre,
Et qui, frappé du bruit, environné d'éclairs,
Doute encor de sa vie, et croit voir les enfers.
J'ouvre les yeux enfin, mon trouble diminue;

Deux amis seulement frappent alors ma vue.
Tous les autres fuyoient un ami condamné ;
Le sort d'un malheureux est d'être abandonné.
Dans ce cruel moment je sens couler mes larmes :
Mon épouse éplorée augmentoit mes alarmes.
Ma fille loin de nous ignoroit mon malheur ;
De ce spectacle affreux elle évita l'horreur.
Hélas ! tout nous offroit la douloureuse image
D'une famille en pleurs que la Parque ravage.
Si d'un simple mortel le destin rigoureux
Pouvoit se comparer à des revers fameux ,
Tel fut le désespoir des habitants de Troie,
Lorsque du fils d'Achille ils devinrent la proie.
   Cependant la fraîcheur et le calme des airs
Répandoient le sommeil sur le vaste univers.
L'astre brillant des nuits poursuivoit sa carriere;
Je vois, à la faveur de sa douce lumiere,
Les murs du Capitole et ces temples fameux
Dont le faîte couvroit mes foyers malheureux.
Quels objets affligeants pour mon ame attendrie !
Dieux voisins, m'écriai-je, ô dieux de ma patrie !
Augustes citoyens de nos sacrés remparts,
Et vous, divinités du palais des Césars ,
Toi , fleuve, dont Ovide illustra les rivages,
Recevez mes adieux et mes derniers hommages :
Il n'est plus de remede aux maux que je ressens ,
J'offrirois à César des regrets impuissants.
Mais vous, dieux immortels , modérez sa vengeance;
Qu'il ne confonde point le crime et l'imprudence.
Vous le savez, grands dieux, si j'ai cru le trahir.
Qu'il me punisse, hélas ! du moins sans me haïr.
Mon épouse à ces mots tombe à mes pieds mourante ,
Elle remplit les airs de sa voix gémissante;
De nos lares sacrés embrassant les autels ,
Elle implore à la fois les dieux et les mortels.
Inutiles transports ! c'est en vain qu'elle espere

D'un époux malheureux adoucir la misere.
Mais déja, près du pôle où les dieux l'ont placé,
L'astre de Calisto tourne son char glacé.
C'est le dernier moment qu'on accorde à mes larmes.
Hélas! dans ce moment que Rome avoit de charmes!
On accourt, on m'appelle, on presse mon départ.
Cruels, un exilé peut-il partir trop tard?
Considérez du moins, quand vous hâtez ma fuite,
Les lieux où l'on m'envoie et les lieux que je quitte.
Funeste aveuglement! je vois naître le jour,
Et crois pouvoir encor prolonger mon séjour.
Trois fois je veux partir, et trois fois ma foiblesse,
Malgré moi, de mes pas interrompt la vitesse.
Je suspends, je finis, je reprends mes discours,
J'embrasse, je m'éloigne, et je reviens toujours.
Eh! pourquoi me hâter? je vais dans la Scythie;
Sans espoir de retour je fuis de ma patrie.
Du cœur de ton époux chere et tendre moitié,
Et vous, dont mes malheurs excitent la pitié,
Seuls amis que le ciel souffre encor que j'embrasse,
C'en est fait, je jouis de sa derniere grace;
Je ne vous verrai plus : vivez heureux, je pars.
    L'horizon cependant brille de toutes parts;
L'étoile du matin cede au flambeau du monde,
Et les premiers rayons sortent du sein de l'onde.
Je fuis en gémissant, mais mon cœur déchiré
Revole vers les lieux dont il est séparé.
De mes tristes amis, de ma femme éperdue,
Les cris et les sanglots percent mon ame émue.
Je n'ose m'arrêter, elle court sur mes pas;
Bientôt autour de moi je sens ses foibles bras,
Non, cruel, non, ta perte entraînera la mienne.
Penses-tu loin de toi que Rome me retienne?
Compagne de tes pas comme de tes malheurs,
Au bout de l'univers j'irai sécher tes pleurs.
César t'a condamné; ton épouse est proscrite;

César veut ton exil, et l'amour veut ma fuite.
Je te suis... Mais hélas! malgré tous ses efforts,
Un devoir rigoureux m'arrache à ses transports.
Désolé, l'œil en pleurs, et la vue égarée,
Entre les bras des siens je la laisse éplorée;
Elle tombe, et j'ai su qu'en ces affreux instants
Les ombres de la mort la couvrirent long-temps.
Le jour qu'elle revoit augmente encor sa peine :
Les cheveux tout souillés et la vue incertaine,
Dans ses foyers déserts elle me cherche en vain ;
Elle accuse les dieux, César et le destin.
L'instant de mon trépas, ou ma fille expirée,
D'un plus vif désespoir ne l'eût pas pénétrée.
Sa douleur mille fois auroit tranché ses jours ;
L'espoir de m'être utile en prolongea le cours.
Dieux, qui nous séparez, prenez soin d'une vie
Qui conserve la mienne au fond de la Scythie.

Mais le gardien (1) de l'Ourse ensevelit ses feux
Dans les flots agités par son astre orageux.
Nous partons, nous bravons les horreurs du naufrage,
Et la nécessité me tient lieu de courage.
Quel effroyable bruit sort du gouffre des mers!
Les Aquilons fougueux combattent dans les airs.
L'onde mugit, s'entr'ouvre, et les sables bouillonnent.
Déjà sur le tillac les flots nous environnent.
Les cordages rompus et les mâts chancelants
Sont le jouet de l'onde et succombent aux vents.
Du ciel rempli d'éclairs les voûtes allumées
Semblent fondre en éclats dans les mers enflammées.
Tremblant, désespéré, le chef des matelots

---

(1) Le Bootès, *arctophylax*, c'est-à-dire, gardien de
l'Ourse, est une constellation septentrionale de vingt-
trois étoiles, selon Ptolémée, et de vingt-neuf, selon
Kepler. Les anciens croyoient que le lever et le coucher
de cette constellation causoient des tempêtes.

Laisse le gouvernail à la merci des flots.
Telle une main trop foible abandonne l'empire
Du coursier indomté qu'elle ne peut conduire.

Le rapide Aquilon, plus fort que mon devoir,
Nous ramene aux climats que je ne dois plus voir.
Loin des bords d'Illyrie, à travers les nuages,
L'Italie à nos yeux découvre ses rivages.
Vents, ne combattez plus le Dieu qui me punit;
Eloignez-moi des lieux d'où César me bannit.
Je le veux et le crains... Quelle vague en furie
Dans ce gouffre profond va terminer ma vie!
Je t'implore, ô Neptune! et vous, dieux de la mer,
C'est assez contre moi des traits de Jupiter.
Souffrez que dans l'exil, terminant ma carriere,
Une tranquille mort me ferme la paupiere;
Du plus affreux trépas daignez me préserver,
S'il est temps aujourd'hui de vouloir me sauver.

LA PRIERE UNIVERSELLE.

TRADUITE DE L'ANGLAIS DE POPE. (1)

AU DIEU TRÈS BON ET TRÈS GRAND.

O toi, que la raison, que l'instinct même adore,
Souverain maître et créateur

---

(1) Je supprimerois vainement cette traduction; elle
seroit mise tôt ou tard dans quelque recueil de mes ouvrages. J'ai toujours condamné la doctrine du poëme
anglais, et je n'aurois pas dû le traduire. Ce n'avoit

De tout l'univers qui t'implore ;
Jehova, Jupiter, Seigneur (1).

Source, cause premiere, être incompréhensible,
Que je suis borné devant toi !
Ta bonté seule m'est visible ;
Le reste est un chaos pour moi.

Mais le bien et le mal, dans cette nuit obscure,
Dépendent de ma volonté ;
Et tu gouvernes la nature
Sans enchainer ma liberté.

Ma conscience est libre ; et ce guide sévere
Ne regle pas mes sentiments
Par le desir seul du salaire,
Ni par la crainte des tourments (2).

été, de ma part, qu'un simple jeu d'esprit, un desir indiscret de satisfaire à une espece de défi littéraire qu'on m'avoit porté. M. le chancelier d'Aguesseau, qui m'avoit témoigné d'abord son juste mécontentement contre cette traduction, me rendit bientôt la justice qui m'étoit due. Au surplus, j'abandonne et le fond et la forme de ce morceau, quoiqu'il y ait peut-être d'assez belles stances.

(1) *Jehova, or joue, or lord !* Il semble que Pope ait eu en vue ce trait d'un panégyrique de Constantin, dont on ne connoît pas l'auteur, et dans lequel il y a de très belles choses. *Quamobrem te, summe rerum Stator, cujus tot nomina sunt, quot gentium linguas esse voluisti . . . .*

(2) Voici le sens presque littéral de l'anglais :

N'écoutons que la voix de notre conscience ;
Elle nous rend le bien plus cher
Que le ciel qui le récompense ;
Le mal plus affreux que l'enfer.

Empêche que mon cœur, de tes dons efficaces,
　　Ne rejette les heureux fruits;
　　Recevoir, c'est payer tes graces;
　　Je t'obéis quand je jouis.

Mais cessons de penser qu'imperceptible atome
　　Notre terre borne ta loi.
　　N'es-tu souverain que de l'homme?
　　Tant d'autres mondes sont à toi!

Faut-il qu'un vil mortel ose venger Dieu même,
　　Que tes foudres lui soient remis,
　　Et qu'il répande l'anatheme
　　Sur ceux qu'il croit tes ennemis!

Si je marche avec toi, fais-moi la grace entiere
　　De te suivre jusqu'à la fin;
　　Si je m'égare, ta lumiere
　　Doit me remettre au bon chemin.

Quelques biens qu'à mon cœur ta sagesse dénie,
　　Ou que m'accorde ta bonté,
　　Sauve-moi du murmure impie,
　　Et de la folle vanité.

Fais que de mon prochain je plaigne les souffrances,
　　Toujours lent à le condamner;
　　Et pardonne-moi mes offenses,
　　Pour mieux m'apprendre à pardonner.

Tout retrace aux mortels le néant de leur être;
　　Mais ils sont l'œuvre de tes mains;
　　Sois leur guide autant que leur maître,
　　Jusqu'au terme de leurs destins.

Que le pain, que la paix, soient ici mon partage;
　　J'attends que ton auguste choix

Des autres biens fixe l'usage ;
Tes volontés seront mes lois.

Ton temple est en tous lieux , tu remplis la nature ;
Tout l'univers est ton autel ;
Rien ne vit , n'existe , ne dure ,
Qui ne t'offre un culte éternel.

SUR LE PORTRAIT DE MA FEMME.

CRUEL pinceau , ce n'est point elle ;
Ce ne sont point là ses attraits.
Ce n'est qu'une image infidele
De ses graces et de ses traits.
Pourquoi tromper mon espérance ?
J'avois imploré ton secours
Pour consoler mes tristes jours
Pendant les rigueurs de l'absence.
Si , dans l'ivresse de mon cœur ,
Quelquefois ton art imposteur
A mes yeux troublés la rappelle ,
Toi-même tu détruis l'erreur ;
Et l'Amour crie avec douleur :
Cruel pinceau , ce n'est point elle (1).

---

(1) *Note de l'éditeur.* Les personnes pieuses ne seront pas fâchées de trouver ici le tableau que Pompi-
guan fait des mœurs et de la croyance religieuse de son
épouse , dans une épître adressée au pape Clément XIII,

2.

~~~~~~~~~~~~

ÉPITRE I.

AU CHEVALIER DE R***,

Entre Cahors et Montauban.

8 avril 1746.

Dans des champs par les eaux couverts,
Où Pomone languit courbée

---

sur *les progrès de l'irréligion*, et dont j'ai placé plus
loin un fragment de soixante vers.

Grace au ciel, cette impie et ridicule ivresse
N'a pas de ma compagne égaré la raison ;
Elle aima ses devoirs dès sa jeune saison.
Les filles d'un pasteur (*) que l'Eglise révere
Ont, par leur piété douce autant que sévere,
Elevé son enfance à l'école des mœurs,
Préservé son esprit du poison des erreurs,
Instruit son ame à fuir les frivoles délices
Qui précedent le crime, et sont l'appât des vices.
Elle apprit, sous les yeux des vierges du Seigneur,
Qu'il n'est point, sans vertu, de paix ni de bonheur ;
Que la religion nous soutient, nous console ;
Que le monde est trompeur, que Dieu seul tient parole ;
Que son fils, en naissant, nous apporta sa loi ;
Que le siége de Rome est celui de la foi ;
Qu'il n'est rien qu'un faux sage et n'immole et n'oublie,
Justice, honneur, serments, roi, famille et patrie ;
Qu'il est sa propre idole, et que le seul chrétien
Sait être pere, fils, époux, et citoyen.

(*) Saint François de Sales, évêque de Geneve, fondateur de l'ordre de la Visitation.

Sous le noir fardeau des hivers,
Du fond d'une chaise embourbée,
Je réponds à tes jolis vers.
Que j'aime à voir un jeune sage
Adorer les chastes appas
D'une déesse qui n'est pas
La divinité du bel âge !
La tendre amitié t'a nourri
De ses précieuses maximes.
D'Apollon digne favori,
C'est lui qui t'apprend l'art des rimes.
Je le sais, tu fais tes plaisirs
De tous les arts et de l'étude ;
Heureux penchant ! douce habitude !
Consacre-leur tous tes loisirs.
Eh ! pourquoi du feu qui t'inspire
Craindrois-tu les brillants écarts ?
Une main qui lance des dards
Peut se délasser sur la lyre.
Aussi fidele courtisan
Des souveraines du Parnasse,
Que franc ennemi du sultan,
Puisses-tu, dans ta noble audace,
Egaler les écrits d'Horace,
Et les exploits de l'Isle-Adam !

ÉPITRE II.

A M. HEERKENS.

Premier janvier 1756.

Que m'annoncent ces traits que tes pleurs ont
    mouillés,
Ces vers pleins de tristesse et de nerf dépouillés?
Tu parois accablé du fardeau de la vie;
Tu fuis avec terreur, tu fuis de ta patrie.
Quel Sylla, quel Octave, arbitre de ton sort,
A dévoué tes jours au glaive de la mort?
Qui t'a proscrit? J'acheve, et de ton mal funeste
Ton écrit douloureux m'apprend enfin le reste.
C'est un coup de l'Amour qui terrasse ton cœur:
Pardonne; j'ai pour toi craint un plus grand malheur.
Quoi! ce vif désespoir, cette douleur affreuse,
N'étoit que d'un amant la plainte langoureuse!
Un esprit mâle, fier, à l'étude immolé,
Devient du Guarini le pasteur désolé!
Dans les frimas du nord que de mollesse habite!
Depuis quand un Batave est-il un Sybarite?
Dans l'école des arts, par la vertu nourri,
D'Hippocrate et d'Horace illustre favori,
Crois-moi, de leurs leçons fais un plus digne usage:
Un revers de l'Amour n'est point la mort d'un sage.

. . . .

   Je t'entends me répondre, Hélas! j'ai tout perdu;
Hélene étoit l'objet de mon culte assidu;
L'Hymen me promettoit de m'unir avec elle.

O feux trop mal payés! ô promesse infidele!
Le ciel, en me l'ôtant, me condamne à périr;
Elle vit pour un autre. Hé bien! dois-tu mourir?
Mourras-tu quand le Temps, de sa main meurtriere,
Des auteurs de tes jours fermera la paupiere?
Quand la Parque, exerçant son empire cruel,
Frappera tes amis, seul trésor d'un mortel?
Mourrois-tu si la terre, ou les mers, ou la foudre,
Dévoroient tes foyers ou les mettoient en poudre?
Tu dirois : Je suis homme, et voyage ici-bas
Pour subir des revers qui ne m'abattront pas.
Tu le dirois sans doute, et la philosophie
L'inspire aux malheureux que sa voix fortifie.
Soutiens donc une perte indigne de tes pleurs :
Car, réponds-moi; ces cris et ces tristes langueurs,
Ces lugubres adieux d'une muse expirante,
Quel outrage du sort dans tes vers les enfante?
Quel changement soudain renverse ton espoir?
Est-ce dans ton Hélene inconstance ou devoir?
Si l'infidélité t'enleve ta maîtresse,
Vis pour la mépriser; la plaindre, c'est bassesse.
Mais si c'est le devoir qui l'arrache à tes vœux,
Vis pour la respecter, et tu seras heureux.

. . . .

ÉPITRE III.

AU DUC DE ✻✻✻. (1)

. . . . Heu steriles veri, quibus una Quiritem
Vertigo facit! — (Pers. sat. V.)

Au milieu de la cour, tu penses donc à moi ;
Tu connois l'amitié, tu respectes sa loi ;
Ton cœur, de tes pareils ignorant les caprices,
Ne suit point leur exemple, et déplore leurs vices.
Quoi! cet âge bouillant, ces jours où la raison
Dans un esprit trop jeune est loin de sa saison ;
De tant de soins divers les changements rapides,
Te permettent des goûts plus purs et plus solides !
De la sincérité fidele partisan,
Tu conserves l'ami sous l'air du courtisan ;
Dans le sein des plaisirs tu jouis de toi-même,
Vertueux sans effort, et sage sans système.
     Je sais que la nature, avare en ses présents,

---

(1) *Note de l'éditeur.* Le 14 avril 1739, Voltaire
écrivoit à Pompignan qui lui avoit envoyé cette piece :
J'ai reçu votre épître *sur les gens qu'on respecte trop
dans ce monde.* « J'ignore, ajoutoit-il, quel est le duc
« assez heureux pour mériter de si belles épîtres. Quel
« qu'il soit, je le félicite de ce qu'on lui adresse ce vers
« admirable :

     Vertueux sans effort, et sage sans système.

« Votre épître, écrite d'un style élégant et facile, a
« beaucoup de ces vers frappés, sans lesquels l'élégance
« ne seroit plus que l'uniformité, etc. »

Ne t'a point épargné ses regards bienfaisants.
Mes yeux ont vu l'éclat de ta premiere aurore;
J'ai vu de ton printemps les premiers fruits éclore.
Mais combien de mortels furent favorisés
De ces dons précieux à d'autres refusés!
Combien dès le berceau flattoient notre espérance,
Dont l'indigne jeunesse a démenti l'enfance;
Et qui, grace aux efforts de leurs adulateurs,
Changent en un seul jour d'esprit, d'ame et de mœurs
La vertu chez les grands est souvent étrangere;
C'est un fruit transplanté qui bientôt dégénere,
Une fleur qui n'est plus sous l'aile du Zéphir,
Et que les Aquilons se hâtent de flétrir.
     Le jeune Ligdamis commence sa carriere.
De l'école bruyante il quitte la poussiere;
De Rollin, de Porée éleve renommé,
Quel sera le succès des soins qui l'ont formé?
Bientôt, aux vifs transports d'un âge frénétique,
Se joignent les travers de l'orgueil domestique.]
D'abord à ses regards on offre les tableaux
D'une suite d'aïeux véritables ou faux.
Vous sortez, lui dit-on, du sang le plus illustre.
A sa seule noblesse un homme doit son lustre;
La vôtre cede à peine à celle des Bourbons.
Qui sait si, sur la foi d'un vain rapport de noms,
Tel n'ose point porter ses folles conjectures,
Jusques à comparer des chimeres obscures,
Et le fatras douteux de ses vieux parchemins,
Aux fastes éclatants de trente souverains?
     Que ce peuple est sensé, chez qui de vaines fables
Ne font point la grandeur de mortels méprisables!
Auprès de ses sultans un fat impérieux
N'usurpe point le rang des visirs ses aïeux.
Malheureux les états où les honneurs des peres
Sont de leurs lâches fils les biens héréditaires!
De moins tristes abus armoient ta sombre humeur,

O des vices de Rome implacable censeur!
Quel trésor pour ta verve, et quel champ pour médire!
Je laisse à tes pareils la mordante satire;
Jamais son fiel cuisant, versé sur mes pinceaux,
N'a terni les couleurs dont je peins mes tableaux (1).
Mon cœur n'est dévoré de haine ni d'envie.
Et qu'importe après tout à ma philosophie,
Que l'honneur des guerriers, morts dans les champs
    d'Ivri,
Par des neveux sans gloire ici-bas soit flétri?
Respectons le repos de leurs cendres sacrées;
Et laissons aux enfers leurs ombres révérées,
Par des cris impuissants, par d'inutiles pleurs,
Reprocher au destin de pareils successeurs.
    Arrête, me dis-tu, tes plaintes sont ameres,
Ta muse pour ce siecle a des mœurs trop séveres;
Attends des jours plus purs et des temps plus
    heureux.
On peut être sincere, aimable, généreux,
Fidele à ses amis, sans forcer des murailles,
Sans coucher au bivac, ni gagner des batailles.
D'accord, pour un mortel né dans l'ordre commun.
Mais la haute naissance est un rang importun;
Elle impose aux grands noms un tribut difficile :
Il faut être Pyrrhus, quand on est fils d'Achille.
    Si le fils d'un héros n'en a pas la valeur,
S'il s'abandonne au luxe, et renonce à l'honneur,
Croirai-je, quand il perd le soin de sa mémoire,
Qu'il donne à l'amitié ce qu'il ôte à la gloire?
Cherche-t-on la franchise et la solidité

---

(1) *Note de l'éditeur.* Quand Pompignan parloit
ainsi de lui-même, il n'avoit encore fait ni son discours
sur la calomnie, ni l'épître suivante, ni quelques autres que j'ai retranchées, ou dont je n'ai donné que des
fragments.

Dans un esprit frivole et dans un cœur gâté?
C'est vouloir qu'un terrain, dont l'arène légere
N'a su produire encor que la triste fougere,
Se change tout-à-coup en des sillons dorés,
Où brillent de Cérès les dons inespérés.
  Un courtisan sans doute est maître en l'art de plaire.
Grand aux yeux des petits, idole du vulgaire,
Il étale avec grace et dans leur plus beau jour,
Les charmes séduisants des héros de la cour,
Ce langage, ce ton singulier et facile
Qu'imitent sans succès les cercles de la ville ;
Mais cet extérieur, dont notre œil est ravi,
Des qualités de l'ame est-il toujours suivi?
Non : ne vous fiez pas à de vaines caresses;
Fuyez des cœurs ouverts à toutes les foiblesses.
  Vains conseils! l'homme est né victime de l'erreur,
Il ne touche, ne voit que l'écorce ou la fleur.
Neptune compteroit sur les humides plaines
Peu d'Ulysses vainqueurs des doux chants des
    sirenes.
Ce jeune nourrisson des muses et des arts
Va bientôt du public attirer les regards ;
Dans un âge ingénu, trop facile à séduire,
Quel ami bienfaisant prend soin de le conduire?
De brillants protecteurs l'appellent à la cour.
Ah, que je crains pour lui ce dangereux séjour !
Là, prodiguant les noms de Colbert, de Mécene,
Sa muse, qu'éblouit le succès de sa veine,
Répand à pleines mains dans de profanes lieux
Le parfum d'un encens qui n'appartient qu'aux
    dieux.
  Non que jamais l'esprit, les talents, la science,
Doivent nous inspirer une sotte arrogance.
Je méprise ce fou (1), dont l'orgueil sans pareil

_____

(1) Diogene.

Au vainqueur des Thébains dispute le soleil;
Ou ce pédant grossier (1), dont le faste sauvage
Veut qu'un fils d'empereur vienne lui rendre
    hommage.

Les devoirs sont le nœud de la société,
Et ce nœud par le sage est toujours respecté.
Reconnoissez des grands le pouvoir légitime.
S'ils ont par leurs vertus subjugué votre estime,
S'ils sont sensibles, vrais, s'ils ne sont point ingrats,
Aimez-les, j'y consens, mais ne les servez pas.
S'ils veulent des autels, en serez-vous les prêtres?
Ne multiplions pas le nombre de nos maîtres;
Et c'est assez pour l'homme, esclave audacieux,
D'obéir à des rois, et d'adorer des dieux.

Je t'entretiens, ami, de tes propres pensées,
Que mes crayons peut-être ont foiblement tracées.
Ton illustre naissance, et le rang que tu tiens,
Ne sont, même à tes yeux, que de stériles biens.
Le sort les distribue, un revers les enlève.
Notre course ici-bas si promptement s'achève!
Qu'importent des honneurs un instant possédés,
Des rangs par le caprice et sans choix accordés?
Qu'ajoutent-ils à l'homme? Un fardeau qui l'accable,
Des desirs dont l'excès le rend plus misérable,
Un esprit sans douceur, une ame sans pitié,
L'orgueil et le dédain, fléaux de l'amitié.

N'ayons que des amis qui soient flattés de l'être,
Qui sachent nous aider, nous servir, nous connoître.
Je plains ces hommes vils, au cœur foible, impuissant,
Que la nature fit esclaves en naissant;
Dont les grands sont les dieux, les rois, et les arbitres,
Malheureux de n'aimer que des noms et des titres.
La grandeur est dans l'ame, et qui la cherche ailleurs

---

(1) Apollone de Chalcis.

Dispute à la vertu ses droits et ses honneurs.
La vertu seule exige un hommage fidele;
L'homme n'est estimable et n'est grand que par elle.

ÉPITRE IV.

AU MARQUIS DE MIRABEAU.

SUR L'ESPRIT DU SIECLE. (1)

Toi qui, par des travaux où tu n'as point de maitre,
Rendrois les rois heureux, s'ils vouloient jamais
　　l'être,
Toi, qui connois si bien la nature et ses droits,

---

(1) *Note de l'éditeur.* Les lecteurs impartiaux, et ce
sont les seuls qui soient équitables, trouveront sans
doute une excessive exagération dans cette épitre, dont
plusieurs parties ont toute l'amertume et toute l'injustice d'une violente satire.

Peut-être même seront-ils surpris que je ne l'aie
pas supprimée, ou que je ne me sois pas borné à n'en
donner que de simples fragments, comme je l'ai fait,
quant aux épitres suivantes; mais d'abord j'ai pensé que
je devois conserver en son entier une des pieces de vers
où Pompignan a combattu l'esprit de son siecle, afin
de faire au moins connoître à ceux qui ne le liront que
dans mon choix, les arguments bons ou mauvais dont
il étoit armé quand il se mesuroit avec les philosophes;
et c'est à cette piece que je me suis arrêté, malgré ses
nombreux défauts, parcequ'elle est, ainsi que l'annonce
d'ailleurs son titre, plus spécialement dirigée contre la
philosophie, que toutes les autres. D'un autre côté, si, en

Qui n'enseigne que l'ordre, et la paix et les lois,
Dis-moi, cher Mirabeau, si le siecle où nous sommes
Est celui que ton cœur desiroit pour les hommes;
Dis-moi si leur ami (1), qui ne vit que pour eux,
Trouve dans nos destins le succès de ses vœux.
Ton ame généreuse est-elle satisfaite?
Réponds : la vérité t'a fait son interprete.
   Quel tableau, quel spectacle offre à nos yeux
       surpris
Ce siecle, tant prôné par tant de beaux esprits!
De sentiments pervers quel monstrueux mélange!
De modernes docteurs quel assemblage étrange!
L'un par l'autre vantés, l'un de l'autre jaloux,
Unissant leur orgueil, leurs mensonges, leurs coups;
Ils réforment le ciel, la terre, Dieu lui-même;
Ils ont de la nature éventé le système;
Son secret aux mortels fut trop long-temps caché :
Il paroît au grand jour, le voile est arraché.
L'univers retentit de nouvelles maximes.
La vérité, l'erreur, les vertus et les crimes,
Et les mœurs et le goût, l'esprit et la raison,
Tout a changé de face, et de rang et de nom.

---

qualité d'éditeur des œuvres choisies de Pompignan,
j'ai eu le droit incontestable de rejeter tout ce qui m'a
paru ou généralement trop foible de diction, ou absolument de mauvais goût, je n'ai pas eu celui d'écarter,
quand l'un ou l'autre de ces motifs ne me l'ordonnoit
pas, les pieces où l'auteur a formellement consigné ses
opinions sur des matieres d'une aussi haute importance
que celles dont il s'agit dans les vers qu'on va lire.
C'eût été dénaturer son caractere; licence qu'un éditeur
ne doit jamais se permettre, quel que soit son sentiment
personnel.

   (1) On sait que le marquis de Mirabeau est l'auteur
d'un livre intitulé l'Ami des Hommes.

Tout prend de nouveaux traits, de nouveaux
   caracteres,
Et nous ne sommes plus les enfants de nos peres.
   O siecle si vanté, quel démon t'a séduit?
En es-tu plus heureux, plus sage, mieux instruit?
Parcourons les effets de ta philosophie:
Quels sont-ils? le faux goût, l'ignorance et l'envie.
De là, quels jugements! quels problêmes hardis!
Quels sarcasmes grossiers sottement applaudis!
Le sublime vieillard, tuteur de Melpomene,
Créateur parmi nous et maître de la scene,
Voit, de lauriers couvert, ses écoliers ingrats
Insulter à leur guide en bronchant sur ses pas.
De son fameux rival les chefs-d'œuvre tragiques
Sont en butte aux dédains de nos jeunes critiques.
Fénélon, des bons rois l'instituteur divin,
Dans sa prose traînante est un foible écrivain;
Par grace à La Fontaine on laisse quelques fables.
Nos orateurs chrétiens sont froids ou détestables.
Massillon, Bourdaloue, en deux ou trois discours,
A peine ont de quoi plaire aux lecteurs de nos jours.
De l'immortel Pascal on attaque la gloire.
Le vengeur de la foi, le flambeau de l'histoire,
Des plus parfaits écrits l'incomparable auteur,
L'éloquent Bossuet n'est qu'un déclamateur.
On accable Boileau d'invectives rimées;
On le déchire en prose. O troupe de Pygmées!
S'il pouvoit un moment revenir parmi nous,
Comme un effroi soudain vous disperseroit tous!
Au feu de ses éclairs, aux éclats de sa foudre,
Que bientôt à ses pieds vous tomberiez en poudre(1)!

___

(1) *Note de l'éditeur.* Cette apostrophe aux détracteurs de Boileau est évidemment l'original, mais l'original très inférieur de celle que Chénier adresse aux

Vos maîtres ne sont plus, mais leurs écrits vivront;
Ils vivront à jamais, les vôtres périront.
  Profitez du moment, jouissez du prestige;
Le bon sens en gémit, la raison s'en afflige.
Qu'importe à des tyrans? Ils regnent, c'est assez.
Par eux les vrais talents semblent être éclipsés.
Philosophes du jour, et précepteurs du monde,
Enflés de la faveur dont le vent les seconde,
Ils troublent à l'envi, par leurs cris assidus,
Et tout ce qui respire, et tout ce qui n'est plus.
C'est peu que les vivants éprouvent leur furie.
Leur sombre vanité, qui de fiel s'est nourrie,
Portant dans les tombeaux ses odieux efforts,
Se fait un aliment de la cendre des morts.
  Et cependant, ami, ces mortels téméraires,
Ces esprits envieux, méchants, atrabilaires,
Aux yeux de l'univers nous font avec fierté
De leurs rares vertus l'étalage affecté.
Chez eux tout est parfait, et leur bouche l'atteste.
La vérité sans doute a le ton plus modeste.
Mais leur ame, crois-moi, qui cherche à nous
          tromper,
A ses propres regards ne sauroit échapper.
Ils se connoissent mieux qu'on ne peut les connoître;
Ils ne furent jamais ce qu'ils voudroient paroître.
Ils savent bien, ces cœurs doubles et tortueux,
Que nul d'entre eux n'est grand, ni bon, ni vertueux;

---

détracteurs de Voltaire, dans ces vers de sa belle épître
à ce grand poëte :
  Oh! si, dans le fracas des sottises du temps,
  Tu pouvois reparoître au milieu des vivants,
  Les mains de traits vengeurs et de lauriers armées,
  Comme on verroit bientôt ce peuple de Pygmées
  Dans son bourbier natal replongé tout entier,
  Avec Martin Fréron, Nonotte et Sabattier !

Contre leurs jugements qu'eux-mêmes ils réclament,
Qu'ils approuvent tout bas ce que tout haut ils
    blâment ;
Que, loués l'un par l'autre en de nombreux écrits,
L'un pour l'autre en secret ils n'ont que du mépris ;
Que leur gloire est le fruit des plus vils artifices,
Leur vertu, l'art trompeur qui sait masquer leurs
    vices ;
Qu'ils se cachent en vain sous ce foible bandeau,
Et que du philosophe ils n'ont que le manteau.
De faux sages unis sont toujours de faux freres.
Eux-mêmes tôt ou tard découvrent leurs mysteres.
Il ne faut qu'un caprice, une rivalité,
Qu'un succès trop brillant, un écrit trop vanté,
Qu'un refus de louange, injuste ou légitime,
C'en est fait, il n'est plus d'amitié ni d'estime ;
Il n'est plus de lien entre ces cœurs jaloux,
Et l'intérêt d'un seul vend le secret de tous.
Le bien ne sort jamais du sein de la malice.
Est-ce l'humanité, l'amour de la justice,
Est-ce le goût du vrai qui forme des complots,
Qui traite les humains d'ignorants ou de sots,
Qui fronde, qui détruit, qui ment, qui calomnie,
Qui n'épargne ni rang, ni vertu, ni génie,
Et qui, par cent canaux secrètement ouverts,
Du venin de sa rage infecte l'univers ?
    Ami, le vrai mérite abhorre ces intrigues.
Il ne subsiste point par le secours des brigues ;
Opprimé pour un temps, il triomphe à son tour,
Et ne doit qu'à lui seul ce trop juste retour.
    Mais admire avec moi les travers où s'égare
De ces hommes altiers l'injustice bizarre.
Un seul mot qui les blesse est un crime odieux.
Veulent-ils se venger, tout est juste à leurs yeux.
Boileau, qui d'Apollon régloit si bien l'empire,
Cet unique Boileau, qu'en vain l'on veut proscrire,

Et dont les vers heureux, sans cesse répétés,
Par ses propres censeurs sont toujours imités;
Qu'a-t-il dit, qu'a-t-il fait dans ses divins ouvrages,
Qui dût à sa mémoire attirer tant d'outrages?
Il se plut à fronder les Pradons, les Cotins;
Il traduisit les Grecs, imita les Latins;
Ce sont de grands forfaits : mais a-t-il dans ses rimes
De l'exacte décence oublié les maximes?
Des méchants écrivains a-t-il noirci les mœurs,
Inondé le public d'injures et d'horreurs,
D'écrits licencieux amusé les ruelles,
Rempli d'obscénités des feuilles criminelles?
A-t-il enfin souillé, par de honteux écarts,
Ses talents, ses succès, et la gloire des arts?

   Tel fut donc ce Boileau. Quels sont ses adversaires?
Des sages, nous dit-on, qui, des esprits vulgaires,
N'ont jamais adopté le goût ni les erreurs.
Quels sages! ou plutôt quels sophistes menteurs!
Ils blâment la satire, et forgent des libelles;
Ils prêchent la concorde, et vivent de querelles.
Mais dans tous ces combats ils affichent en vain
Un faux air de mépris, un insolent dédain.
Leur dépit orgueilleux se décèle et transpire :
Le chagrin les dévore; et, quand ils semblent rire,
Ce n'est qu'un ris forcé, qui, par de vains éclats,
Peint dans un furieux la gaîté qu'il n'a pas.
Mais comment, dans un siecle où nous parlons sans
     cesse
De mœurs, d'humanité, de douceur, de sagesse,
Termes si rebattus que l'écho des déserts
Est las de les entendre et d'en remplir les airs;
Comment, dis-je, en un siecle et si doux et si sage,
Au mensonge, aux noirceurs donne-t-on son suffrage!
N'en soyons pas surpris : ce siecle trop flatté
Est le siecle du luxe et de la volupté.
Tu connois mieux que moi les archives du monde;

Le luxe est des grands maux la semence féconde.
Ses charmes n'ont jamais adouci les mortels,
Les corps sont amollis, et les cœurs sont cruels.
Quand le luxe, aux Romains plus fatal que la guerre,
Se fut emparé d'eux pour mieux venger la terre,
Les arts dont il abuse, irritant leurs desirs,
Livrerent ces vainqueurs à d'infames plaisirs.
Le sang humain coula dans les amphithéâtres ;
De ce spectacle affreux devenus idolâtres,
Les neveux de Camille et du censeur Caton
Rioient à ces combats qu'abhorroit Cicéron.
Les danses, les festins, les amours adulteres,
Se mêloient tour à tour à leurs jeux sanguinaires.
Rome sévere et sobre eut des enfants humains ;
Elle changea de mœurs, et n'eut plus de Romains.
Nous-mêmes, descendus d'aïeux un peu rustiques,
Sommes-nous ces François dont nos fastes antiques
Célébroient les vertus et les nobles travaux ?
Terribles aux combats, gais dans leurs vieux châ-
    teaux,
Sur des airs villageois ils chantoient leurs prouesses,
Leur prince, leur pays, quelquefois leurs maîtresses ;
Et malheur à quiconque, en des vers pleins de fiel,
Eût outragé son frere ou blasphémé le ciel.
De ces bons chevaliers l'ame franche et loyale
Auroit mal accueilli cette verve brutale.
Ils n'étoient point savants, encor moins beaux esprits ;
Mais des devoirs de l'homme ils connoissoient
    le prix.
L'union des époux, le bonheur domestique,
Le respect des autels, l'honneur, la foi publique,
De la société resserroient le lien ;
Ce fut notre âge d'or, car tout peuple eut le sien.
    Tu reconnois, ami, le portrait de nos peres ;
Tu reconnois ces mœurs qui te sont toujours cheres,
Ces mœurs que tu peignis avec tant de chaleur,

Dans cet heureux volume, ouvrage de ton cœur.
De nos preux devanciers tu ranimes la cendre ;
On croit, en te lisant, leur parler, les entendre.
Flatteuse illusion ! leur ame et leurs vertus
Vivent dans tes écrits, ailleurs n'existent plus.
Que diroient-ils, ces morts, l'honneur de notre
      empire,
Les Gaston, les Bayard, les Dunois, les Lahire,
S'ils voyoient aujourd'hui leurs neveux délicats
Dans des chars élégants promener leurs appas ;
Et de petits guerriers, sous de hautes frisures,
Dormir dans leurs boudoirs sur un tas de brochures ?
Quel changement ! Nos arts affoiblis, énervés,
Prêtent leur ministere à des goûts dépravés.
Leurs travaux réunis se consacrent au vice ;
D'un monde enthousiaste ils servent le caprice.
Le luxe est leur Mécene ; il forme les talents ;
Il les rend, comme lui, frivoles, insolents ;
Il donne aux méchants vers des fleurons, des vignettes,
D'ornements fastueux enrichit des sornettes,
Y répand la licence, en exclut la pudeur,
Corrompt l'art du poëte et l'esprit du lecteur ;
Et pour mieux cimenter tous les maux qu'il fait
      naître,
Ce luxe est philosophe, ou du moins prétend l'être.
    Cet insigne travers nous étoit destiné.
L'homme à ses passions le plus abandonné,
Aux serments de l'hymen l'époux le moins fidele,
L'épouse à ses devoirs publiquement rebelle,
Le jeune efféminé, le vieillard scandaleux,
Le publicain nourri des pleurs du malheureux,
Le magistrat qui vend le glaive et la balance,
Le prélat dont le pauvre a maudit l'opulence,
Le ministre ennemi du prince et de l'état,
Et le prêtre incrédule, et le moine apostat,
Tous suivent l'étendard de la philosophie,

Et font de ses leçons la regle de leur vie.
  Leurs maîtres cependant, par de faux désaveux,
Cherchent à repousser les traits lancés contre eux.
On seme, disent-ils, de ridicules craintes.
Cette philosophie, objet de tant de plaintes,
Ce complot dangereux dont on fait tant de bruit,
N'est qu'un fantôme, un nom qu'un zele amer pour-
     suit.
Ils prennent à témoin de cette haine extrême,
Les rois, les nations, la terre, le ciel même,
Mais que prouvent enfin ces discours et ces cris?
Interrogeons les mœurs, consultons les écrits;
Et jugeons par les faits, jugeons par les ouvrages,
Si le siecle présent est le siecle des sages.

FRAGMENTS

D'UNE ÉPÎTRE A DAMON,

  Dans l'épître dont ces fragments sont tirés, l'auteur
veut que, sans être esclave des sentiments des autres,
l'homme connoisse, voie, sente et juge par lui-même;
mais il borne cette indépendance aux sciences humaines,
fixe les limites que, selon lui, elle ne doit jamais fran-
chir, et plaint les égarements des matérialistes du dix-
huitieme siecle.

Si toujours l'univers, de ses erreurs esclave,
Eût langui lâchement dans leur ignoble entrave,
Quel progrès parmi nous eût donc fait la raison?
Le noble à peine encor sauroit tracer son nom.
Des docteurs ignorants, des prêtres incommodes,
S'armeroient d'anatheme au seul nom d'antipodes,

Et ce globle de feu, dont les rayons divers
Se répandent par-tout du sein de l'univers,
Loin du centre commun, planete reculée,
Tourneroit à nos yeux sous la voûte étoilée.
La nature se plaît à former quelquefois
Des esprits fiers, hardis, nés pour donner des lois.
De la seule raison reconnoissant l'empire,
Ils ont la force et l'art de penser et d'instruire.
C'est par eux que le monde, en ce temps moins
      obscur,
Sort de sa longue enfance, et touche à l'âge mûr.
Tout esprit endormi dans un vil esclavage,
Perd de ses attributs le pouvoir et l'usage;
C'est l'avare qui craint d'entamer son trésor,
Et qui meurt indigent parmi des monceaux d'or.
. . . .

    Soyons de notre esprit les seuls législateurs.
Vivons libres du moins dans le fond de nos cœurs:
C'est le trône de l'homme, il regne quand il pense.
L'ame est un être pur, fait pour l'indépendance;
Qui veut l'assujettir en brise les ressorts,
Et lui fait partager les disgraces du corps.
Jugeons, examinons, c'est là notre apanage.
Cherchons la vérité dans son épais nuage;
Mais que par la raison nos doutes soient bornés
Aux objets que le ciel nous a subordonnés;
Qu'ils ne s'élevent pas jusqu'au maître suprême.
Dans l'audace ou l'effroi l'homme est toujours
      extrême.
Hardi dans ses discours, et prompt à se troubler,
Tel ne croit pas en Dieu qu'un rêve a fait trembler.
. . . .

    O mortels, ô François, quelle philosophie
Vous prête le secours de sa lumiere impie!
Quelle doctrine affreuse infecte vos écrits,
Et de quels préjugés guérit-on nos esprits!

Celui-ci de la foi veut que je m'affranchisse ;
Celui-là, que mon ame avec mon corps périsse ;
Cet autre a découvert, pour réformer nos cœurs,
Une morale neuve, et de nouvelles mœurs.
Et vous, à nos autels, qui déclarez la guerre,
Trop fameux écrivains, précepteurs de la terre,
Ne croyez pas qu'un zele inquiet ou jaloux,
Par la haine échauffé, m'anime contre vous.
J'admire vos talents en leur donnant des larmes ;
Vos vers ont de l'éclat, votre prose a des charmes ;
L'amour du genre humain par vous est enseigné :
Mais, cruels, quel amour ! de sang il est baigné.
Vous portez le poignard dans le sein de vos freres ;
C'est par vous, inhumains, qu'au fort de leurs mi-
          seres,
Ils perdent le seul bien qui pût les soutenir,
Le calme du présent, l'espoir de l'avenir.
Ce Dieu que votre erreur invente ou défigure,
Ce Dieu ressuscité des cendres d'Epicure,
N'a point fait les mortels pour invoquer son nom.
Il a vu du même œil saint Louis et Néron.
L'un est sans châtiment, l'autre sans récompense.
Vaines illusions de crainte ou d'espérance,
De culte, d'équité, de justice, de loi !
Vertueux ou méchant, tout finit avec moi.
Le vol, l'assassinat, l'inceste et l'adultere,
La probité sans tache, et la pudeur austere,
Le crime et l'innocence auront un sort égal,
Le néant, digne prix du bien comme du mal.
C'est où vous menez l'homme, et c'est pour votre
          éleve
Le terme consolant où sa course s'acheve.
    Non, trop foible mortel, j'entends tes désaveux ;
Tu vas dans ton essor plus loin que tu ne veux.
La soif d'un nom célèbre égara ton génie ;
La raison quelque jour guérira ta manie.

Pour tes adorateurs tu n'as que du mépris,
Et je te crois plus sage au moins que tes écrits.

FRAGMENT

D'une épître publiée en 1739; Pompignan y signale les
symptômes de la décadence dont, à cette époque, les
lettres lui paroissoient déjà menacées.

Rousseau vieillit(1), Rollin termine sa carriere;
De ces astres brillants l'âge éteint la lumiere :
Tel est l'ordre du sort, tel est le cours des ans.
La nature s'épuise ou retient ses présents.
Un siecle sans éclat suit un siecle de gloire,
Et le beau n'a qu'un temps ainsi que la victoire.
Le trône des Césars succomba sous l'effort
Des tyrans de l'Asie, et des brigands du Nord.
Des modernes états la forme invariable
Affermit tous les jours leur fondement durable.
Mais le pays des arts est toujours menacé,
Triomphant quelquefois, et souvent renversé.
Il est pour eux des Goths, des Huns, et des Vandales,
Des ennemis secrets, des nations rivales,
Des Scythes plus cruels que ceux du Tanaïs.
Nous-même à notre tour nous serons envahis;
L'incursion menace, et le trouble commence.
Les oracles du goût sont forcés au silence:
Oui, nous verrons bientôt de petits conquérants,
Du Parnasse françois audacieux tyrans,

---

(1) Jean-Baptiste.

De leurs maîtres fameux proscrire les merveilles,
Et leur orgueil briser le sceptre des Corneilles.

   Tels on vit les Romains, dans des jours ténébreux,
Du second des Césars dégrader l'âge heureux,
Ensevelir Horace et déterrer Lucile;
Préférer la Pharsale aux beaux vers de Virgile,
Vanter l'esprit guindé du maître de Néron,
Et bâiller sans pudeur en lisant Cicéron.

   Déja même la langue, et moins nette et moins pure,
Rougit de se prêter à la simple nature.
Cette heureuse clarté, son plus solide appui,
Et que l'étranger même admiroit malgré lui,
Cet ordre lumineux, le nombre et la cadence
Semblent abandonner nos vers, notre éloquence.
Le style devient sec, moins nerveux que tendu,
Et pour vouloir trop dire on n'est plus entendu.
Le public désormais, fasciné par ses guides,
Ne veut qu'être ébloui par des éclairs rapides;
Amoureux du bizarre, avide du nouveau,
Et pour comble d'erreur, ennemi du vrai beau.

~~~~~~~~~~~~

FRAGMENT

D'une épître au pape Clément XIII, sur les progrès de
l'irréligion.

Sans doute il fut toujours des ennemis du ciel,
Et toujours les méchants ont prodigué le fiel;
Mais jamais leurs fureurs n'ont été si hardies,
Leurs criminelles voix jamais tant applaudies.
Jadis l'impiété se déroboit au jour,
Craignoit également et la ville et la cour;

Ses apôtres cachoient leur mission funeste,
Leur doctrine perverse étoit au moins modeste.
Quelques écrits obscurs, en secret répandus,
N'étoient pas des poisons publiquement vendus.
L'incrédule effrayé prêchoit dans les ténebres ;
Il n'avoit ni docteurs ni partisans célebres.
Malheur à l'écrivain qui, dans un fol excès,
Eût de son pyrrhonisme affiché le succès !
Thémis contre l'impie alors s'armoit du glaive ;
Des blasphèmes rimés conduisoient à la Grêve (1).

---

(1) *Note de l'éditeur.* Ces deux vers, si on ne con-
sentoit pas à les regarder comme une simple hyperbole,
pourroient être reprochés à l'auteur, comme un cri de
persécution, et par conséquent comme un excès d'into-
lérance. Ils font en effet allusion à deux vers du second
chant de l'Art Poétique, « qui rappellent, dit M. Dau-
« nou dans son excellente édition de Boileau, la fin dé-
« plorable d'un poète nommé Petit, auteur du Paris
« Ridicule, ouvrage très supérieur à la Rome Ridicule
« de Saint-Amant. Ce Petit avoit composé aussi quelques
« couplets peu dévots. qui couroient le monde, sans
« qu'on en connût l'auteur : mais un jour, durant son
« absence, le vent enleva quelques papiers imprudem-
« ment placés près de sa fenêtre ouverte, et les fit tom-
« ber dans la rue. Un prêtre les ramasse, y déchiffre
« des hémistiches peu édifiants, et court les remettre au
« procureur du roi. Petit est arrêté au moment où il
« rentre chez lui ; on visite ses manuscrits, on y trouve
« les brouillons des chansons qui scandalisoient ou amu-
« soient depuis quelques temps les oisifs de la capitale ;
« et malgré sa jeunesse et ses talents, malgré les vives
« sollicitations de quelques personnes très distinguées,
« ce malheureux poète est condamné à être pendu et
« brûlé. »
    Pompignan étoit trop éclairé pour regretter sérieuse-
ment qu'à l'époque où il vivoit, nos tribunaux n'infli-
geassent plus d'aussi horribles supplices aux impies et
aux blasphémateurs. « Traiterez-vous, dit Voltaire, dont

Dieu n'avoit pas encor ce peuple d'ennemis,
Et le plus grand génie étoit le plus soumis.
Quel changement! l'erreur n'a plus de voix secretes;
Prose et vers, orateurs, historiens, poëtes,
Tout se dit philosophe, et chacun, sous ce nom,
Outrage impunément Dieu même et la raison.
Contre nos vérités des écrits dogmatiques,
Contre leurs défenseurs des sarcasmes cyniques,
Des libelles menteurs par la haine forgés,
Sont tolérés, permis, peut-être encouragés.
L'enfer sous les tyrans égorgeoit les fideles;
D'horribles échafauds, des tortures cruelles,
Vengeoient sur les chrétiens l'injure des faux dieux.
Le fer, les chevalets ne sont plus sous nos yeux.
L'ange persécuteur, l'ange des noirs abîmes
Par des coups moins sanglants attaque ses victimes.
Déja de sa victoire il recueille le fruit;
Jadis il massacroit, maintenant il séduit (1),

« le langage est ici celui de tous les hommes raisonna-
« bles, quelle que soit d'ailleurs leur croyance reli-
« gieuse; traiterez-vous un blasphémateur ou un profa-
« nateur sacrilége, comme vous avez traité la Brinvil-
« liers qui avoit empoisonné son pere et sa famille?........
« Il mérite un châtiment exemplaire, mais mérite-t-il
« des tourments qui effraient la nature, et une mort
« épouvantable? Il a offensé Dieu; oui, sans doute, et
« très gravement: usez-en avec lui comme Dieu même.
« S'il fait pénitence, Dieu lui pardonne. Imposez-lui
« une forte pénitence, et pardonnez-lui. Votre illustre
« Montesquieu a dit: *Il faut honorer la Divinité, et
« non la venger.* » Voyez, page 16 ci-dessus, la sep-
tieme strophe de la Priere universelle de Pope.

(1) Bossuet, dans son commentaire sur l'Apocalypse,
croit que la persécution de l'Antéchrist sera une persécution de séduction, c'est-à-dire, d'écrits faussement
philosophiques et d'ouvrages corrupteurs dans tous les
genres.

Si toutefois, hélas ! sa ruse a pu séduire.
Quelles mœurs pour tromper ! quels hommes pour
    instruire !
Des Sotades (1) impurs qu'on lit avec horreur,
Des Porphires (2) nouveaux, pleins d'orgueil et
    d'aigreur,

---

(1) Sotade étoit un poëte satirique et licencieux que
Ptolomée Philadelphe, roi d'Egypte, fit enfermer dans
un coffre et jeter dans la mer.

(2) Porphire, déserteur du christianisme, étoit un
philosophe atrabilaire et orgueilleux, qui voulut souvent se tuer de désespoir. Il n'avoit étudié les livres
saints que pour les critiquer. Il les lisoit et les censuroit
en ignorant, comme a fait de nos jours l'auteur du Dictionnaire Philosophique, de la Tolérance Chrétienne,
de la Philosophie de l'Histoire, et de tant d'autres productions pleines de mensonges, de sottises, de blas-
phêmes, d'obscénités ....

Observation de l'éditeur. A ces violentes personna-
lités, on peut opposer le sentiment d'un écrivain qui mérite d'autant plus de confiance, qu'il a su démêler dans
Voltaire, avec la sagacité la plus rare, l'or pur d'avec
l'or faux qui s'y trouve quelquefois confondu. Cet écrivain, c'est M. Palissot. Suivant lui, le Dictionnaire
Philosophique renferme « un nombre à peine croyable
« de sujets intéressants, amusants, et instructifs ». Tout
le monde connoît, et j'ai d'ailleurs eu occasion de rapporter plus loin le bel éloge que le même auteur a fait
de l'Essai sur les Mœurs et l'Esprit des Nations, auquel
la Philosophie de l'Histoire sert d'introduction. Enfin
M. Palissot dit expressément que le Traité de la Tolérance « est un des ouvrages qui honorent le plus la mé-
« moire de Voltaire ». Or maintenant, pourquoi deux
hommes qui tous deux ont combattu l'esprit de leur
siecle, ont-ils cependant émis des opinions si différentes
sur des ouvrages que ce siecle a produits ? C'est que
M. Palissot n'a attaqué que les sophistes, et a respecté

Des sophistes armés d'audace et de blasphême,
De vils censeurs des lois et du pouvoir suprême,
Des esprits turbulents, des cœurs doubles et faux,
Trop bas, trop envieux pour n'être que rivaux.
Telle est, le croira-t-on ? cette école insensée
Qui voit de toutes parts sa doctrine encensée,
Qui subjugue, asservit sous un honteux lien,
L'univers étonné de n'être plus chrétien. (1)
    Et vous le souffrirez, terre et cieux qu'ils outra-
        gent;
Peuples qu'ils veulent perdre, empires qu'ils rava-
        gent!
O Rome! ô Capitole! ô murs chers au Seigneur!
Jusqu'en vos fondements frémissez de douleur.
Qu'au bruit tumultueux que les enfers excitent,
Des saints dans leurs tombeaux les ossements s'agi-
        tent;
Que l'arene, témoin de leurs derniers combats,
Retrace à vos regards l'empreinte de leurs pas;
Que ces martyrs au ciel présentent leur couronne;
Que leur sang précieux se ranime et bouillonne;

---

les philosophes; tandis que Pompignan, plus rigide,
mais aussi moins équitable, a confondu les uns et les
autres dans la même proscription.

(1) *Note de l'éditeur.* Assertion absolument fausse.
Jamais tout l'univers n'a été chrétien. Ensuite, quand
l'auteur parloit ainsi, aucun peuple ne venoit d'abju-
rer le culte catholique. Il étoit même en France le culte
dominant. Tous ses temples étoient debout. Son clergé
étoit le premier ordre de l'état, et jouissoit d'immu-
nités sans nombre et de richesses immenses. A la vérité,
il ne les possede plus aujourd'hui ; mais elles n'avoient
rien de commun avec les dogmes et la morale de la religion chrétienne, et contrastoient d'ailleurs trop ouvertement avec la noble et respectable simplicité de la
primitive Eglise.

Qu'il redemande encore à couler à grands flots
Pour cette foi, l'objet de tant de noirs complots
Que le sang, que la voix de ces divins athletes
Parlent pour l'univers et soient vos interpretes.

~~~~~~~~~~~

VERS DÉTACHÉS,

Extraits d'épîtres supprimées, ou non conservées dans
leur totalité.

Le déisme aujourd'hui succede à l'hérésie.
Evoqués par les cris de leurs maîtres nouveaux,
Lucrece, Spinosa sortent de leurs tombeaux.

Quand la cause du ciel a besoin de vengeurs,
Tous chrétiens sont soldats, tous soldats sont vainqueurs.

Moissonnés par la mort, que laissent après eux
Ces conquérants si fiers, ces rois si fastueux?
Un nom craint dans leur siecle, abhorré dans le nôtre,
Fameux dans leur empire, inconnu dans un autre,
Des exploits contestés, des vices éclatants,
Et des tombeaux détruits par l'injure du temps.

Un doux penchant ne peut être un crime à mes yeux;
L'amour, quand il est pur, est un rayon des cieux.

~~~~~~~~~~~~~~~

Les vers suivants sont tirés d'une traduction ou plutôt d'une imitation de la première partie du poëme d'Hésiode, intitulé : les Travaux et les Jours.

Pourquoi suis-je témoin de l'horrible licence
Qui, dans cet âge affreux, regne de toute part ?
Hélas ! je devois naître ou plus tôt ou plus tard.
C'est le siecle de fer ou le siecle des crimes.
Les nœuds les plus sacrés et les plus légitimes
Sont rompus et souillés par de honteux forfaits;
Le pere dans son fils ne connoît plus ses traits :
A son frere, à sa sœur, le frere ôte la vie.
De l'hospitalité la loi sainte est trahie.
L'époux est adultere, et l'épouse à son tour,
S'abandonne aux transports d'un criminel amour.
Des parents accablés du poids de l'indigence,
De leurs enfants ingrats éprouvent l'insolence;
Ils implorent sans fruit des cœurs muets et sourds;
L'ami chez son ami cherche en vain du secours.
A tant de barbarie on ajoute l'injure;
On brave l'œil des dieux vengeurs de la nature.
L'innocence opprimée a perdu tout espoir.
Jupiter est sans culte, et les lois sans pouvoir.
Sur la foi d'un traité, des peuples sont tranquilles;
Un allié parjure envahit leurs asiles.
Par le fer et le feu les vaincus sont chassés;
Mais l'agresseur perfide est heureux; c'est assez.
On ne voit que noirceurs, faux serments, injustices,
Et l'univers entier est l'empire des vices.
Dans ce torrent de maux quelques biens sont mêlés;
Foible soulagement pour des cœurs désolés !

La justice des dieux, toujours inévitable,
Frappera tôt ou tard cette race exécrable.
L'équité, la pudeur, un voile sur les yeux,
Abandonnent la terre, et retournent aux cieux;
Et leur triste départ ne nous laisse après elles,
Qu'un avenir funeste et des douleurs nouvelles.

Soyons justes : la force est le droit des tyrans.

Veux-tu vers le bonheur marcher d'un pas certain?
Mon frere, la justice en est le seul chemin.

Sois vrai, mais peu crédule, adroit sans artifice;
Même dans la vertu tout excès est un vice.

Heureuses les cités où des juges austeres
Ne démentent jamais leurs principes séveres,
Et chez qui l'étranger, sûr de ses justes droits,
Comme le citoyen, vit sous l'appui des lois!
Leur nation fleurit et leurs champs sont fertiles;
Le peuple entier s'adonne à des travaux utiles;
L'abondance y nourrit l'industrie et les arts;
L'air n'y retentit point des trompettes de Mars:
Dans leur société la concorde réside;
Une gaité modeste à leurs festins préside.
De la sage nature ils remplissent la loi.
Comme ils vivent sans crime, ils meurent sans effroi.
Tout est pur autour d'eux; de vertueuses meres
Engendrent des enfants, images de leurs peres.
Leurs plus sacrés devoirs sont leurs plus doux plai-
        sirs.
Soumis à la raison, maîtres de leurs desirs,
Ils ne s'exposent point, jouets de la fortune,
Aux caprices d'Eole, aux fureurs de Neptune :

Ils trouvent tous les biens dans leurs propres climats,
Trésors que l'équité rassemble sous leurs pas.

Qui fait le mal d'autrui fait son propre malheur.
Tout perfide conseil souvent perd son auteur.
Dieu sur les cœurs pervers jette un regard terrible;
A son œil pénétrant il n'est rien d'invisible.

Sois toujours le plus juste et jamais le plus fort.

Toujours le paresseux eut la faim pour compagne.

Re ette comme un bien triste et pernicieux
Tout trésor, tout bonheur qui ne vient pas des dieux.

Que l'étranger, le pauvre, en tes foyers tranquilles,
Et le jour, et la nuit, trouvent de sûrs asiles.
De l'hospitalité Jupiter fit les lois;
C'est irriter ce dieu que d'en blesser les droits.
Ne souille point l'honneur d'une couche étrangere,
Et que des orphelins l'enfance te soit chere.
De ton pere sur-tout honore les vieux ans;
Aide ses foibles yeux, conduis ses pas tremblants;
Qu'il n'ait point à gémir de ton dédain perfide;
Un fils, s'il est ingrat, est presque un parricide.

Soit que l'aube naissante au travail te rappelle,
Soit que la nuit t'invite au repos fait pour elle
Au ciel par des vœux purs consacre ton réveil,
Et que les mêmes vœux précédent ton sommeil.
Si ton cœur est impur, l'offrande la plus belle
Ne seroit pour les dieux qu'une offense nouvelle.
Sois juste; ils aimeront à conserver tes biens.
D'autres perdront les leurs, tu grossiras les tiens.

N'attends que d'un ami des soins officieux.

Les proches rarement sont un appui fidele.
Ils marchent à pas lents, l'ami court avec zele.

Modeste en tes emprunts, soigneux de t'acquitter,
Libéral en tes dons sans jamais les compter.
Rends amour pour amour, service pour service;
De tes propres bienfaits que ton cœur s'enrichisse.
Ils feront ton bonheur en faisant des heureux.
Renonce à tout commerce, à tout gain frauduleux.
Leur attrait est pour l'ame une peste mortelle;
Du plus léger larcin la honte est éternelle.

FIN DES POÉSIES DIVERSES.

OEUVRES DIVERSES.

OEUVRES DIVERSES.

~~~~~~~~~~~~~~~~~~~~~~~~~~~~~~~~~~~~~

VOYAGE DE LANGUEDOC

ET

DE PROVENCE.

A Mirabeau, le 24 septembre, 1740.

C'EST donc très sérieusement, madame (1), que vous demandez la relation de notre voyage. Vous la voulez même en prose et en vers. C'est un marché fait, dites-vous; nous ne saurions nous en dédire. Il faut bien vous en croire; mais croyez aussi que jamais parole ne fut plus légérement engagée. Je suis sûr

> Que tout homme sensé rira
> D'une entreprise si fallote;
> Que personne ne nous lira,
> Ou que celui qui le fera,
> A coup sûr, très fort s'ennuira;
> Que vers et prose on sifflera;
> Et que sur cette preuve-là,

---

(1) Madame la comtesse de Caraman.

Le régiment de la calotte
Pour ses voyageurs nous prendra.

Quoi qu'il en puisse arriver, le plus grand malheur seroit de vous déplaire. Nous obéirons de notre
mieux. Mais gardez-nous au moins le secret. Un
ouvrage fait pour vous ne doit être mauvais qu'*in-
cognito*.

Comme ce n'est point ici un poëme épique, nous
commencerons modestement par Castelnaudary, et
nous n'en dirons rien.

Narbonne ayant été le premier objet de notre
attention, fera aussi le premier article de notre itinéraire. N'y eût-il que ses anciennes inscriptions
qu'a si fort respectées le temps, cette Narbonne
méritoit un peu plus d'égards que n'en ont eu les
deux célebres voyageurs. Nous pouvons attester
qu'il n'y plut ni n'y tonna pendant plus de quatre
heures, et que jamais le ciel ne fut plus serein que
lorsque nous en partimes.

Mais vu le local enterré
De la cité primatiale,
Nous croyons, tout considéré,
Que, quand là saison pluviale,
Au milieu du champ labouré,
Ferme la bouche à la cigale,
Toutes les eaux ont conjuré
D'environner, bon gré, malgré,
La ville archiépiscopale;
Ce qui rend ce lieu révéré
Un cloaque beaucoup trop sale,
De quoi Chapelle a murmuré;
Mais d'un ton si peu mesuré,

Qu'il en résulte grand scandale,
Au point qu'un prébendier lettré
De l'église collégiale,
Nous dit, d'un air très assuré,
Que ce voyage célébré
N'étoit au fond qu'œuvre de balle,
Et que Narbonne qu'il ravale,
Ne l'avoit jamais admiré.

Le fait, madame, est vrai à la lettre. A telles
enseignes que le docte prébendier se dessaisit en
notre faveur, avec une joie extrême, de l'œuvre de
ces messieurs, qui lui paroissoient de très mauvais
plaisants. Ce n'est pas, au reste, le seul plaisir qu'il
nous eût fait. Ce généreux inconnu nous avoit mené au palais archiépiscopal admirer les antiquités
qu'on y a recueillies. Nous vîmes toute la maison
qui est grande, noble, claire même, en dépit de tout
ce qui devroit la rendre obscure. Mais on a logé un
peu haut le primat d'Occitanie. Nous avions ensuite
suivi notre guide à la métropole qui sera une fort
belle église, quand il plaira à Dieu et aux états de
faire finir la nef. Quant à ce tableau si dénigré dans
l'œuvre susdit, messieurs de Narbonne le regrettent
tous les jours malgré la copie que M. le duc d'Orléans
leur en laissa libéralement, mais qu'ils trouvent
fort médiocre, quoique le Lazare y soit peut-être
aussi noir que dans l'original.

Nous reprîmes notre chemin, et parcourûmes
gaiement les chaussées qui mènent à Béziers. Cette
ville est pour ses habitants un lieu céleste, comme
il est aisé d'en juger par un passage latin d'un de
leurs auteurs, dont je vous fais grace. La nuit nous

5.

ayant surpris avant d'y être arrivés, nous fûmes
tentés d'y coucher.

> Mais sachant par tradition
> Que, dans cette agréable ville,
> Pour le fou de chaque saison,
> Très prudemment chaque maison
> A soin d'avoir un domicile;
> Et craignant pour mon compagnon,
> Qui pour moi n'étoit pas tranquille,
> Nous criâmes au postillon
> Au plus vite de faire gille.

Ce fut donc à Pézenas que nous allâmes chercher
notre gîte. Il étoit tard quand nous y arrivâmes; les
portes étoient fermées. Nous en fûmes si piqués,
que nous ne voulûmes plus y entrer, quand on les
ouvrit le lendemain matin. Mais que nous fûmes
enchantés des dehors! Il n'en est point de plus
riants ni de mieux cultivés. Quoique Pézenas n'ait
pas de proverbe latin en sa faveur, sa situation vaut
bien celle de Béziers. La chaussée qui commence
après les casernes du roi, et sur la beauté de laquelle on ne peut trop se récrier, ne dura pas autant que nous aurions voulu. Elle aboutit à une
route assez sauvage qui nous conduisit à Vallemagne, lieu passablement digne de la curiosité des
voyageurs.

> Près d'une chaîne de rochers,
> S'élève un monastere antique.
> De son église très gothique,
> Deux tours, espece de clochers,
> Ornent la façade rustique.

Les échos, s'il en est dans ce triste séjour,
  D'aucun bruit n'y frappent l'oreille;
  Et leur troupe oisive sommeille
  Dans les cavernes d'alentour.

Dépêche, dis-je à un postillon de quatre-vingts ans, qui changeoit nos chevaux: l'horreur me gagne; quelle solitude! c'est la Thébaïde en raccourci: allons, l'abbé; ni vous ni moi ne commerçons avec les anachoretes. Eh! de par tous les diables, ce sont des Bernardins, s'écria le maître de la poste, que nous ne croyions pas si près de nous. Or vous saurez que ce bon homme pouvoit faire la différence d'un anachorète et d'un Bernardin; car il avoit sur un vieux coffre, à côté de sa porte, quelques centaines de feuillets de la vie des Peres du désert, rongés des rats. Si vous voulez dîner, ajouta-t-il, entrez, on vous fera bonne chere

  Nos moines sont de bons vivants,
  L'un pour l'autre fort indulgents,
  Ne faisant rien qui les ennuie;
  Ayant leur cave bien garnie.
  Toujours reposés et contents,
  Visitant peu la sacristie;
  Mais quelquefois, les jours de pluie,
  Priant Dieu pour tuer le temps.

Il est vrai qu'ils avoient profité de cette matinée-là qui étoit sombre et pluvieuse, pour dépêcher une grand'messe. Nous gagnâmes le cloître. Croiriez-vous, madame, qu'un cloître de solitaires fût une grotte enchantée? Tel est pourtant celui de

l'abbaye de Vallemagne; je ne puis mieux le comparer qu'à une décoration d'opéra. Il y a sur-tout
une fontaine qui mériteroit le pinceau de l'Arioste.
Elle ressemble, comme deux gouttes d'eau, à la
fontaine de l'Amour.

> Sur sept colonnes, des feuillages
> Entrelacés dans des berceaux,
> Forment un dôme de rameaux,
> Dont les délicieux ombrages
> Font goûter dans des lieux si beaux,
> Le frais des plus sombres bocages.
> Sous cette voûte de cerceaux,
> La plus heureuse des Naïades
> Répand le cristal de ses eaux,
> Par deux différentes cascades.
> Au pied de leur dernier bassin,
> Un frere, garçon très capable,
> Entouré de flacons de vin,
> Plaçoit le buffet et la table.
> Tout auprès, un dîner dont la suave odeur
> Auroit du plus mince mangeur
> Provoqué la concupiscence,
> Tenu sur des fourneaux à son point de chaleur,
> Pour disparoître, attendoit la présence
> De quatre Bernardins qui s'ennuyoient au chœur.

Dans ce moment, nous enviâmes presque le sort
de ces pauvres religieux. Nous nous regardions de
cet air qui peint si bien tous les mouvements de
l'ame. Chacun de nous appliquoit ce qu'il voyoit
à sa vocation particuliere; et nous nous devinions
sans nous parler.

L'abbé convoitoit l'abbaye.

Pour moi, qui pensois moins à Dieu,
Ah! disois-je, si dans ce lieu
Je trouvois Iris ou Sylvie!

Car voilà les hommes. Ce qui est un sujet d'édi-
fication pour les uns est un objet de scandale pour
les autres. Que de morale à débiter là-dessus! Prenons congé de notre délicieuse fontaine; elle nous
a menés un peu loin.

O fontaine de Vallemagne!
Flots sans cesse renouvelés,
La plus agréable campagne
Ne vaut pas vos bords isolés.

Il n'y avoit plus qu'une poste pour arriver à
Loupian, lieu célèbre par ses vins, dont nos devanciers voulurent se mettre à portée de juger.
Leurs imitateurs en ce point seul, nous nous y
arrêtâmes. Mais l'année, nous dit-on, n'avoit pas
été bonne. L'hôtesse entreprit de nous dédommager
avec des huîtres d'un goût fort inférieur à celles
de l'océan.

Remontés en chaise, nous nous livrions à l'admiration que nous causoit la beauté du pays,

Quand deux gentilles demoiselles,
D'un air agréable et badin
Qui n'annonçoit pas des cruelles,
Nous arrêterent en chemin.

Elles nous demanderent des places dans notre
chaise pour aller jusqu'au village prochain, qui
étoit le lieu de la poste. L'abbé fut impoli pour la

premiere fois de sa vie; il les refusa inhumaine-
ment, et je fus obligé, malgré moi, d'être de moitié
dans son refus.

Nous commencions alors à côtoyer l'étang de
Thau, qui se débouche dans le golfe de Lyon par
le port de Cette et par le passage de Maguelonne.
Il fallut descendre en faveur de mon compagnon,
qui voyoit pour la première fois les campagnes
d'Amphitrite, et qui vouloit contempler à son aise

Ce vaste amas de flots, ce superbe élément,
De l'aveugle fortune image naturelle,
Comme elle séduisant, et perfide comme elle:
Asile des forfaits, noir séjour des hasards,
Théâtre dangereux du commerce et de Mars;
Des plus rares trésors source avare et féconde,
Et l'empire commun de tous les rois du monde,

Nous arrivâmes enfin à Montpellier. Cette ville
n'aura rien de nous aujourd'hui, madame, et vous
vous passeriez bien de savoir qu'après nous être
fait d'abord conduire au Jardin royal des plantes,
et avoir parcouru légèrement au retour tout ce qu'on
est dans l'usage de montrer aux étrangers, nous
vinmes avec empressement chercher un excellent
souper, auquel nous étions préparés par le repas
frugal que nous avions fait à Loupian.

La matinée du lendemain fut employée à visiter
la Mosson et la Verune. Les eaux et les promenades
de celle-ci ne méritent guere moins de curiosité que
la magnificence de la première, où il y a des beautés royales, mais où, sans être difficile à l'excès,
on peut trouver quelques défauts, auxquels, à

a vérité, le seigneur châtelain est en état de re-
médier.

Nous nous hâtâmes après cela de gagner Lunel,
où nous fûmes accueillis par M. de la Graulet,
major du régiment de Duras, qui commandoit dans
e quartier. Il nous donna un aussi bon souper que
'il nous eût attendus. L'abbé en profita médio-
rement.

Il quitta cette bonne chere
Pour une dévote action
Que ceux de sa profession
Ne font pas trop pour l'ordinaire.
Ce fut, je crois, son bréviaire
Qui causa sa désertion.
Notre convive militaire
Partagea mon affliction.
Mais comme en toute occasion
La Providence débonnaire
Compense d'une main légere
Plaisir et tribulation,
La retraite de mon confrere
Grossit pour moi la portion
D'un vin de Saint-Emilion
Qu'à Lunel je n'attendois guere.

Une partie de la nuit se passa joyeusement a
table. Nous nous séparâmes de notre hôte à huit
heures du matin, et nous courûmes à Nîmes pour
y admirer ces ouvrages si supérieurs aux ouvrages
modernes, si dignes de la poésie la plus majestueuse ;
en un mot, les chefs-d'œuvre immortels dont cette
cité autrefois si considérable a été enrichie par les

Romains. Les arenes s'aperçoivent d'aussi loin que
la ville même.

Monument qui transmet à la postérité
Et leur magnificence et leur férocité.
Par des degrés obscurs, sous des voûtes antiques,
Nous montons avec peine au sommet des portiques.
Là, nos yeux étonnés promenent leurs regards
Sur les restes pompeux du faste des Césars.
Nous contemplons l'enceinte où l'arene, souillée
Par tout le sang humain dont elle fut mouillée,
Vit tant de fois le peuple ordonner le trépas
Du combattant vaincu qui lui tendoit les bras.
Quoi! dis-je, c'est ici, sur cette même pierre,
Qu'ont épargné les ans, la vengeance et la guerre,
Que ce sexe si cher au reste des mortels,
Ornement adoré de ces jeux criminels,
Venoit d'un front serein et de meurtres avide,
Savourer à loisir un spectacle homicide!
C'est dans ce triste lieu qu'une jeune beauté,
Ne respirant ailleurs qu'amour et volupté,
Par le geste fatal de sa main renversée,
Déclaroit sans pitié sa barbare pensée,
Et conduisoit de l'œil le poignard suspendu,
Dans les flancs du captif à ses pieds étendu!

Des voyageurs font des réflexions à propos de
tout. J'avoue, madame, que la tirade est un peu
sérieuse; je vous en demande pardon. La vue d'un
amphithéâtre romain a réveillé en moi les idées
tragiques.

Ce seroit ici le lieu de vous donner quelqu'idée
des autres antiquités de Nimes. La Tour-Magne, le
temple de Diane et la fontaine qui est auprès, ont

dans leurs ruines mêmes quelque chose d'auguste. Mais ce qu'on appelle la Maison-Carrée, édifice qu'on regarde comme le monument de toute l'antiquité le plus conservé, frappe et fixe les yeux les moins connoisseurs.

On trouve à chaque pas des bas-reliefs et des inscriptions. Les aigles romaines se voient par-tout. Enfin, par je ne sais quel enchantement, on s'imagine, plus de treize cents ans après l'expulsion totale des Romains hors des Gaules, se retrouver avec eux, habiter encore une de leurs colonies. Nous en séjournâmes plus long-temps à Nîmes. Un jour franc nous suffit à peine pour tout voir et revoir. Ce temps d'ailleurs, grace à M. d'Apremont (1), ne pouvoit être mieux employé; il ne nous quitta point, et l'on ne sauroit rien ajouter à la réception qu'il nous fit.

> Or donc prions la Providence
> De placer toujours sur nos pas
> Le Languedoc et la Provence,
> Et sur-tout messieurs de Duras:
> Rencontre douce et gracieuse
> Pour les voyageurs leurs amis,
> Autant qu'elle seroit fâcheuse
> Pour les bataillons ennemis.

Il nous restoit le pont du Gard. Notre curiosite, excitée de plus en plus, nous fit quitter le chemin de la poste. Après une infinité de détours tortueux

---

(1) Lieutenant-colonel du régiment de Duras.

entre deux montagnes, nous nous trouvâmes sur les
bords du Gardon, ayant en perspective le pont, ou
plutôt trois ponts l'un sur l'autre.

> Pour vous peindre le pont du Gard,
> Il nous faudroit employer l'art
> Et le jargon d'un architecte ;
> Mais nous pensons qu'à cet égard,
> De notre couple trop bavard,
> La science vous est suspecte ;
> Aussi, sans courir de hasard,
> Notre muse très circonspecte
> Ne fera point de fol écart
> Sur ces arches qu'elle respecte,
> Qui sans doute périront tard.

Ici, madame, l'admiration épuisée fait place à
une surprise mêlée d'effroi. Il nous fallut plusieurs
heures pour considérer ce merveilleux ouvrage.
Imaginez deux montagnes séparées par une riviere,
et réunies par ce triple pont, où la hardiesse le dispute à la solidité. Nous grimpâmes jusque sur l'a-
queduc, que nous traversâmes presque en rampant
d'un bout à l'autre,

> Offrant un culte romanesque
> A ces lieux dérobés aux coups
> De la barbarie arabesque,
> Et même échappés au courroux
> De ce pourfendeur (1) gigantesque
> Qui des Romains fut si jaloux,
> Que sa fureur détruisit presque

---

(1) Charles-Martel.

Ce que le temps laissoit pour nous ;
Examinant à deux genoux
Un débris de peinture à fresque (1),
Et d'un œil anglais ou tudesque,
Dévorant jusques aux cailloux.

Puis quittant à regret, quoiqu'avec une sorte de confusion, un monument trop propre à nous convaincre de la supériorité sans bornes des Romains, nous poursuivîmes notre route, et ne fûmes plus occupés après cela que du plaisir de revoir bientôt un ami fort cher que nous allions chercher de si loin. Cette idée flatteuse fut le sujet de notre conversation le reste de la journée. Sur le soir, l'approche de Villeneuve fit diversion à nos entretiens. Du haut de la montagne, d'où nous l'aperçûmes, cette jolie ville paroît être dans la plaine, quoique sur une côte fort élevée. La beauté du paysage et la

---

(1) Dans l'édition qui a été faite de cet opuscule à Amsterdam, l'éditeur a mis ici une note qu'il est nécessaire de relever. Elle porte sur ce vers :

Un débris de peinture à fresque.

C'est ce qu'aucun voyageur, dit-il, n'avoit encore remarqué. Il se trompe fort. Voici les propres paroles de M. Gautier, architecte et inspecteur des grands chemins, ponts et chaussées du royaume, dans son Histoire de la ville et des antiquités de Nîmes. Cet aqueduc en dedans est incrusté par les côtés d'une couche de ciment..... Il m'a paru..... qu'on y avoit passé par-dessus encore une couche de peinture de belrouge. Je n'ai su distinguer si c'est à fresque ou bien avec huile.

largeur du Rhône forment le point de vue le plus
surprenant et le plus agréable.

> C'est ici que du Languedoc
> Finit la terre épiscopale;
> A l'autre rive, sur un roc,
> Est la citadelle papale
> Que, sous la clé pontificale,
> Les gens de soutane et de froc
> Défendroient fort bien dans un choc,
> Avec une ardeur sans égale,
> Contre les troupes de Maroc,
> La mer leur servant d'intervalle.

Nous passâmes les deux bras du Rhône, et nous
arrivâmes à Avignon, au milieu des cris de joie et
des acclamations d'un peuple immense. N'allez pas
croire que tout ce tintamarre se fît pour nous. On
célébroit alors dans cette ville l'exaltation de Be-
noît XIV. Les fêtes duroient depuis trois jours.
Nous vîmes la derniere, et sans doute la plus belle.

> Nos yeux en furent éblouis.
> L'art, la richesse, l'ordonnance,
> Avoient épuisé la science
> Des décorateurs du pays.

> Au milieu d'une grande place,
> Douze fagots mal assemblés,
> D'une nombreuse populace
> Excitoient les cris redoublés.
> Tout autour cinquante figures
> Qu'on nous dit être des soldats,
> Pour faire cesser le fracas,
> Vomissoient un torrent d'injures;

Mais, de peur des égratignures,
Ils crioient et ne bourroient pas.

Alors les canons commencerent.
Le commandant vêtu de bleu,
Aux fusiliers qui se troublerent
Permit de se remettre un peu.
Puis leurs vieux mousquets ils leverent :
Trente-quatre firent long feu,
Et quatorze en tirant creverent.
Si personne ne fut tué,
Ou pour le moins estropié,
Par cette comique décharge,
C'est un miracle en vérité
Qui mérite d'être attesté.
Mais nous primes soudain le large,
Voyant que l'alguasil-major
Vouloit faire tirer encor.

Nous entrâmes en diligence
Au palais de Son Excellence
Monseigneur le Vice-Légat.
C'est là que pour Rome il préside,
Et c'est dans sa cour que réside
Toute la pompe du Comtat.
D'abord ni lanterne ni lampe
La nuit n'éclaire l'escalier ;
Il fallut pour nous appuyer,
A tâtons du fer de la rampe,
L'un et l'autre nous étayer.
Après avoir à l'aventure
Fait en montant plus d'un faux pas,
Nous trouvons une salle obscure,
Où, sur quelques vieux matelas,
Quatre Suisses de Carpentras
Ne buvoient pas l'eau toute pure.

6.

Mais rien de plus ne pûmes voir.
Un vieux prêtre entr'ouvrant la porte
D'un appartement assez noir,
Dit: allons, vite, que l'on sorte;
Tout est couché, messieurs, bonsoir.

Notre ambassade ainsi finie,
Nous revînmes à notre hôtel,
Où Dieu sait quelle compagnie
D'une table assez mal servie
Dévora le régal cruel.

La maîtresse, d'ailleurs polie,
Pour nous exprès avoit trouvé
Un de ces batteurs de pavé,
Vrais doyens de messagerie,
Sur le front desquels est gravé
Qu'ils ont menti toute leur vie.
Il venoit de passer les monts.
Mon bavard, sans qu'on le semonde,
Faisant et demande et réponse,
Parle d'églises, de sermons,
De consistoires, d'audiences,
De prélats, de nonains, d'abbés,
De moines et de sigisbés,
De miracles et d'indulgences,
Du doge et des procurateurs,
Des francs-maçons et des trembleurs,
De l'opéra, de la gazette,
De Sixte-Quint, de Tamerlan,
De Notre-Dame de Lorette,
Du sérail et de Kouli-Kan,
De vers et de géométrie,
D'histoire, de théologie,
De Versailles, de Pétersbourg,
Des conciles, de la marine,

Du conclave, de la tontine,
Et du siége de Philisbourg.
Il partoit pour le nouveau monde ;
Mais de dépit, je me levai,
Et promptement je me sauvai,
Comme il faisoit déja sa ronde
Dans les plaines du Paraguai.

J'arrive enfin au domicile
Qui, jusqu'au retour du soleil,
Sembloit au moins pour mon sommeil
M'assurer un commode asile ;
J'y fus aussitôt infecté
Par l'odeur d'un suif empesté,
Reste expirant de la bougie,
Dont avec prodigalité
Toute cette ville ébaudie
Ornoit portail et galerie
En l'honneur de Sa Sainteté.

Je n'en fus pas quitté pour ce vilain parfum. Un
nuage de cousins me tint compagnie toute la nuit ;
ce qui me rappela fort désagréablement un certain
voyage d'Horace, dont la relation vaut un peu
mieux que celle-ci.

Cependant l'aurore vermeille
Répand ses feux sur l'horizon ;
Je me leve, l'abbé s'éveille,
J'entends le fouet du postillon.
Ce fut pour moi bruit agréable ;
Adieu donc, ville d'Avignon,
Ville pourtant très respectable,
Si dans tes murs tout curieux
Qui va voir faire l'exercice

Risquoit moins sa vie ou ses yeux;
Et qu'un bon ordre de police
Mit tous les conteurs ennuyeux
Dans les prisons du saint Office.

Rien de plus beau que l'entrée du Comtat par le Languedoc; rien de plus charmant que la sortie d'Avignon par la Provence.

Des deux côtés d'un chemin comparable à ceux du Languedoc, règnent des canaux qui le traversent en mille endroits. La Durance en fournit une partie; les autres viennent de Vaucluse. Le cristal transparent des uns, l'eau trouble des autres, font démêler aisément la différence de leurs sources. De hauts peupliers, semés sans ordre, y défendent du soleil, dont l'ardeur commence à être extrême. On touche à la province du royaume la plus méridionale. La Durance, qu'on passe à Bompar, nous fit entrer insensiblement en Provence.

D'arides chemins, une chaîne de montagnes, des oliviers pour toute verdure, telle est la route qui nous conduisit à Aix, grande et belle ville qui vaut bien un article à part. Nous vous le réservons, madame, pour le second volume de cet ouvrage mémorable.

Ici finira, en attendant, le bavardage du couple d'amis voyageurs, qu'un second passage de la Durance, à quatre ou cinq lieues d'Aix, fit enfin arriver au terme de leurs courses, au château de Mirabeau.

C'est de ce brûlant rivage
Dont l'ardente aridité

Offre le pin pour bocage,
Un désert pour paysage
Par les torrents humecté :
Lieux où l'oiseau de carnage
Dispute au hibou sauvage,
D'un roc la concavité,
Un chêne détruit par l'âge ;
Noir théâtre de la rage
De plus d'un vent redouté,
Où l'époux peu respecté
D'une déesse volage
Forge par maint alliage
Les traits de la déité
Qui, d'un sourcil irrité,
Étonne, ébranle, ravage
L'univers épouvanté.
Mais laissons ce radotage.
De ce lieu très peu flatté,
J'ose vous offrir l'hommage
D'un mortel peu dans l'usage
De trahir la vérité.
Si réunir tout suffrage
Sans l'avoir sollicité ;
Si noblesse sans fierté,
Agrément sans étalage,
Raison sans austérité,
Font un unique assemblage ;
Ces traits, votre heureux partage,
Honorent l'humanité.
Hélas ! la naïveté
De ce compliment peu sage
Doit vous plaire davantage
Qu'un discours plus apprêté,
Dont le brillant verbiage
Manque de réalité.
Si de ma témérité

J'ai cru cacher le langage
Sous l'auspice accrédité
Dè l'agréable voyage
Qui par fameux personnage
Va vous être présenté ;
Pardonnez ce badinage ,
Voyez mon humilité ;
De l'éclat d'un faux plumage
Je ne fais point vanité.
La modestie à mon âge
N'est commune qualité.

On vous ment sur Mirabeau, madame la comtesse. L'auteur, très véridique d'ailleurs, s'est égayé sur la peinture qu'il fait de lui et de ses états. Il vous donne pour un désert affreux un séjour aussi beau qu'il soit possible d'en trouver un dans un pays de montagnes :

Car nous lisons dans des chroniques
Qui ne sont pas encor publiques,
Qu'autrefois le bon roi René ,
Dans cet asile fortuné ,
Faisoit des retraites mystiques.
On voit même un canal fort net,
Où, sans tasse ni gobelet,
Ce roi buvoit l'eau vive et pure
Dont la fraîcheur et le murmure
L'endormoient dans un cabinet
Formé de fleurs et de verdure ;
Et de nos jours une beauté
Qui n'étoit rien moins que bigote,
Avec une sœur peu dévote,
Y chercha l'hospitalité.
C'étoit la fugitive Hortense ,

Laquelle, nous dit-on ici,
Sur les rives de la Durance
Ne pourchassoit pas son mari.

Voilà ce que c'est, madame, que ce lieu si fort
défiguré par son seigneur. Que ne peut-on vous
faire connoître aussi, telle qu'elle est, la dame du
château ! Cette entreprise passe nos forces. Il est difficile de bien louer ce qui est véritablement louable. Peindre madame la marquise de Mirabeau (1),
c'est peindre la douceur, la raison, les bienséances
et la vertu même.

Oh ! pour cette fois, taisons-nous.
Dieu vous gard, aimables époux
Que chacun chérit et révere.
De notre long itinéraire
L'ennui retombera sur nous,
S'il n'a le bonheur de vous plaire.

---

(1) La mere de l'Ami des Hommes. Voyez la note placée au bas de la page 28 ci-dessus.

~~~~~~~~~~~~

SUITE

DU VOYAGE DE LANGUEDOC ET DE PROVENCE.

A Mirabeau, le 28 octobre 1740.

Imaginez trois voyageurs,
Et qui pourtant ne sont menteurs,
Qu'une voiture délabrée,
Par deux maigres chevaux tirée,
Pendant trois jours a fracassés,
Disloqués, meurtris et versés
Jusqu'à certain lieu plein d'ornières,
Où lesdits chevaux morts de faim,
Malgré mille coups d'étrivières,
Se sont arrêtés en chemin,
Nous faisant clairement comprendre
Qu'ils avoient assez voyagé;
Que de nous ils prenoient congé,
Et qu'ils nous prioient de descendre.

Jugez donc, après ce cadeau,
De quel air, sans feu ni manteau,
Par une nuit très pluvieuse,
Notre troupe fort peu joyeuse,
Traversant à pied maint coteau,
Au bout d'une route scabreuse,
Parvint enfin jusqu'au château.
Peignez-vous dans cette aventure
Trois têtes dont la chevelure
Distillant l'eau de toutes parts,

Imite assez bien la figure
Des Scamandres et des Sangars.

Voilà, madame, le portrait au naturel d'un marquis fort aimable, d'un sénateur qui ne peut se louer
lui-même, parcequ'il tient la plume, et d'un très
joli chevalier de Saint-Jean de Jérusalem. Nous
arrivons; et mon premier soin, dans l'attirail que
je viens de vous décrire, est d'obéir à vos ordres.
Ma première gazette a eu le bonheur de vous plaire.
Je vais risquer la seconde avec l'aide de mes compagnons.

Demain nos muses reposées,
Fraîches, vermeilles et frisées,
Mettront d'accord harpes et luth,
Et vous payeront leur tribut.

29 octobre 1740.

Nous voici bien éveillés, quoiqu'il ne soit que
midi. L'atelier est prêt; nous commençons sans
préambule.

Victimes de notre curiosité, nous partîmes le 15
de ce mois. La description de notre équipage paroît propre à être placée dans un ouvrage fait uniquement pour vous amuser.

Toi qui crayonnes en pastel,
Viens, accours, Muse subalterne;
Peins-nous partant d'un vieux châtel,

Plus fiers que gendarmes de Berne ;
Et toi, railleur universel,
Dieu polisson, je me prosterne
Devant ton agréable autel:
Ton influence me gouverne,
Père heureux de la baliverne:
Prête à ma Muse ce vrai sel
Dont tu sus enrichir Miguel (1),
Et priver tout auteur moderne.

Tel qu'en sortant du Toboso,
Le sieur de la Triste Figure,
Piquant sans succès sa monture,
Malgré les conseils de Sancho,
Courut, suivant son vertigo,
Aux moulins servir de monture.
De même en piteuse voiture,
Chacun de nous criant ho, ho,
Bravant et chûte et meurtrissure,
Voulut faire trotter Clio.
Pour moi, trop foible par nature,
J'osai, chétive créature,
Me plaindre autrement qu'*in petto;*
Soit respect de la prélature,
Ou devoir de magistrature,
Nul autre n'osa faire écho.

L'abbé seul perdit l'équilibre ;
Mais, avant que d'en venir là,
Pour se défendre en homme libre,
Il tendit veine, nerf et fibre ;
Mais sa bête enfin l'entraîna.

---

(1) Miguel Cervantes Saavedra, Espagnol, auteur de Don Quichotte.

Nous n'eûmes que la peur de son accident.

> Il sut s'en tirer à merveille,
> Et troqua son maudit bidet
> Contre une bête à longue oreille,
> Qui n'est ni lievre ni baudet.

Les Espagnols, gens, selon eux, fort sages, estiment infiniment ce genre de monture, et l'abbé pourroit certifier qu'ils n'ont pas tort. Quoi qu'il en soit, l'équipage que je viens de vous détailler nous conduisit au château de la tour d'Aigues, monument, dit-on, de l'Amour et de la Folie.

> Le nom seul des deux ouvriers
> Ne préviendra pas pour l'ouvrage ;
> Ce couple n'est point dans l'usage
> De suivre des plans réguliers,
> Et ce seroit sottise pure
> De les prendre pour nos maçons,
> S'il falloit par leurs actions
> Juger de leur architecture.

Mais ils ont eu le bon sens de choisir un habile architecte pour bâtir la maison de la tour. D'autres vous en feroient une brillante description. Ils vous parleroient de l'esplanade qui est au-devant de la principale porte ; des fossés profonds revêtus de pierre et pleins d'eau vive, dont le château est environné ; d'une façade estimée des connoisseurs ; enfin d'une fort belle tour carrée qui s'élève au-dessus de deux grands corps de logis, et qu'on assure avoir été construite par les Romains.

Ma Muse en rimes relevées
Pourroit vous tracer dans ses vers
Des bosquets bravant les hivers
Sur des voûtes fort élevées:
Tels qu'aux dépens de ses sujets,
Jadis une reine amazone
En fit planter à Babylone
Sur le faîte de son palais.

Laissons ce détail à des peintres d'architecture et
de paysages, ou à des faiseurs de romans. Mais vous
ne serez peut-être pas fâchée de savoir à qui la Provence est redevable de ce bâtiment qui fait une
des curiosités de cette province; c'est au baron de
Sental. Ce gentilhomme l'avoit destiné pour être
l'habitation d'une princesse dont les aventures ne
sont pas ignorées.

Or ce baron de Sental
Fut épris d'une héroïne
Qui lui donna maint rival ;
Voyageant en pélerine,
Tantôt bien et tantôt mal,
Villageoise ou citadine,
Promenant son cœur banal,
De la cour de Catherine
A quelque endroit moins royal.
Cette dame de mérite
Fut la reine Marguerite,
Non celle à l'esprit badin,
Qui, des tendres amourettes
Des moines et des nonettes,
A fait un recueil malin ;
Mais sa nièce tant prônée,
Dont notre bon roi Henri

Fut pendant plus d'une année
Le très affligé mari ;
Et qui, plus qu'une autre femme,
Porta gravé dans son ame
Le commandement divin
De l'amour pour le prochain.

On trouve dans mille endroits du château les chiffres de la reine et du baron, accompagnés de trois mots latins que je vais vous citer en original pour faire parade d'érudition : *Satiabor cùm appa-ruerit.* Si j'osois vous traduire ce latin, vous avoue-riez, madame, qu'il dit beaucoup en peu de pa-roles.

Au demeurant, la gentille princesse
Ne vit jamais ce lieu si beau ;
Et le baron qui l'attendoit sans cesse,
En fut pour les frais du château.

En quittant la tour, nous prîmes une route qui nous conduisit dans un pays assez bizarre pour exercer le pinceau d'un voyageur. Au sortir d'un précipice horrible, nous entrâmes dans un chemin resserré entre deux montagnes escarpées. Ce défilé s'élargit dans quelques endroits, et devient alors aussi agréable que le vallon le plus cultivé. On dé-couvre de temps en temps, à travers les ouvertures du rocher, des emplacements qui ressemblent assez à de grandes cours de vieux châteaux, entourées de hautes murailles.

Du temps des chevrepieds cornus,
Les sylvains, les faunes velus

7.

Habitoient ce réduit sauvage.
C'est là qu'aux jours du carnaval,
Silene et Pan donnoient le bal
Aux dryades du voisinage.

Ce lieu n'est plus aussi profané. Des mission-
naires zélés y ont fait graver de toutes parts, sur
les arbres et sur les pierres, des passages tirés de
l'Ecriture, et de petites sentences propres à édifier
les passants.

Nous nous trouvâmes le soir aux portes d'Apt.
Saviez-vous, madame, qu'il y eût une ville d'Apt?
et savez-vous ce que c'est que la ville d'Apt? Nous
serions fort embarrassés de vous le dire.

Lorsque nous y sommes entrés,
Les cieux n'étoient point éclairés
Par la lune ni les étoiles;
Et quand nous en sommes sortis,
L'aurore et l'époux de Procris
Etoient encore dans les toiles.

Tout ce que nous pouvons faire en faveur de la
ville d'Apt, c'est de la supposer grande, belle, peu-
plée, riche et bien habitée. Car, en bonne politique,
il faut vanter les pays où l'on voyage.

Nous arrivâmes cette même matinée à Vaucluse;
c'est un de ces lieux uniques où la nature a voulu
se singulariser. Il paroît avoir été fait exprès pour
la muse de Pétrarque. Ce fameux vallon est terminé
par un demi-cercle de rochers d'une prodigieuse
élévation, et qu'on diroit avoir été taillés perpen-
diculairement. Au pied de cette masse énorme de

pierre, sous une voûte naturelle que son obscurité rend effrayante à la vue, sort d'un gouffre dont on n'a jamais trouvé le fond, la riviere appelée la Sorgue. Un amas considérable de rochers forme une chaussée au-devant, mais à plusieurs toises de distance de cette source profonde. L'eau passe ordinairement, par des conduits souterrains, du bassin de la fontaine dans le lit où elle commence son cours. Mais dans le temps de sa crue qui arrive, nous dit-on, aux deux équinoxes, elle s'éleve impétueusement au-dessus d'une espece de môle dont nous n'avons point mesuré la hauteur.

Là, parmi des rocs entassés,
Couverts d'une mousse verdâtre,
S'élancent des flots courroucés,
D'une écume blanche et bleuâtre.
La chûte et le mugissement
De ces ondes précipitées,
Des mers par l'orage irritées,
Imitent le frémissement.
Mais, bientôt moins tumultueuse,
Et s'adoucissant à nos yeux,
Cette fontaine merveilleuse
N'est plus un torrent furieux.
Le long des campagnes fleuries,
Sur le sable et sur les cailloux,
Elle caresse les prairies
Avec un murmure plus doux.
Alors elle souffre sans peine
Que mille différents canaux
Divisent au loin dans la plaine
Le trésor fécond de ses eaux.
Son onde toujours épurée,

Arrosant la terre altérée,
Va fertiliser les sillons
De la plus riante contrée
Que le dieu brillant des saisons,
Du haut de la voûte azurée,
Puisse échauffer de ses rayons.

Le chemin qui nous mena du village à la fontaine est un sentier étroit et pierreux que la curiosité seule peut rendre praticable. Les pieds délicats de Laure devoient souffrir de cette promenade, et le doux Pétrarque n'avoit pas peu de peine à la soutenir.

Mais ce sentier, tout escarpé qu'il semble,
Sans doute Amour l'adoucissoit pour eux;
Car nul chemin ne paroît raboteux
A deux amants qui voyagent ensemble.

Après avoir assez examiné la fontaine, nous livrâmes le chevalier et l'abbé à la merci de notre guide. Nous avions aperçu une grotte dans un angle de la montagne. Nous crûmes que nos deux héros de Vaucluse pourroient bien y avoir laissé quelque trace de leurs amours. Depuis l'aventure d'Enée et Didon, toutes les grottes sont suspectes. Celle-ci, disons-nous, a peut-être rendu le même service à Laure et à Pétrarque. Au moins y trouverons-nous quelque chanson ou quelque sonnet; le bon homme en mettoit par-tout. En faisant ces réflexions, nous parvînmes, non sans peine, à l'en-

trée de la caverne. Nous y entrevîmes aussitôt une
figure humaine qui s'avançoit gravement vers nous.

> La barbe longue, la peau bise,
> Un gros volume dans les mains,
> Une mandille noire et grise,
> Et le cordon autour des reins.
> C'est, dîmes-nous, un solitaire
> Qui pleure ici ses vieux péchés.
> Bonjour, notre révérend pere ;
> Vous voyez dans votre taniere
> Deux étrangers qui sont fâchés
> D'interrompre votre priere.
> Qu'est-ce donc, insolents ! Hé, quoi !
> Est-ce ainsi qu'on me rend visite ?
> Osez-vous, sans pâlir d'effroi,
> Prendre pour un coquin d'hermite
> Un personnage tel que moi !
> Je suis.....

Nous avions oublié, madame, de vous demander
un profond secret sur cette histoire. On nous trai-
teroit de visionnaires. Nous vivons dans un siecle
d'incrédulité, où les apparitions ne font pas fortune.
Cependant, foi de voyageurs, rien n'est plus vrai
que celle-ci.

> Je suis, nous dit d'un air rigide,
> Ce vieillard au maigre menton,
> Le contemporain de Caton,
> Des Gaulois l'oracle et le guide ;
> Le grand-prêtre de ce canton,
> Pour tout dire enfin, un druïde.

Vous, un druïde, monseigneur !
Reprîmes-nous avec grand'peur.

Ne soyez point scandalisée, madame, de ce mouvement de crainte. L'idée seule de rencontrer des
druïdes dans la forêt de Marseille fit trembler
l'armée de César.

> Ne vous mettez point en colere,
> Illustre évêque des Gaulois ;
> Que votre grandeur débonnaire
> Nous pardonne pour cette fois.
> Demeurez en santé parfaite
> Dans votre lugubre retraite ;
> Nous n'y retournerons jamais.
> Et n'allez pas vous mettre en tête
> De nous réserver pour la fête
> De votre vilain Teutatès.

> Le pontife se prit à rire.
> Allez, je ne suis pas méchant ;
> Je connois ce qui vous attire,
> Et vous aurez contentement ;
> Vous saurez, sans passer la barque
> Où l'on entre privé du jour,
> Comment Laure et son cher Pétrarque,
> Dans ce délicieux séjour,
> Plus contents que reine et monarque,
> A petit bruit faisoient l'amour.

> Ses promesses ne furent vaines.
> Il fit un cercle, il y tourna :
> Par trois fois l'Olympe tonna ;
> Le rocher entr'ouvrit ses veines,
> Et par des routes souterraines
> Un tourbillon nous entraîna.

Cette opération magique nous conduisit au plus beau lieu que l'imagination puisse se figurer. Une Nymphe, avertie sans doute par le signal, vint nous recevoir.

> Teint frais, œil vif, bouche vermeille,
> Un bouquet de fleurs sur le sein ;
> Chapeau de paille sur l'oreille,
> Et tambour de basque à la main.
>
> Venez, dit-elle ; cet asile,
> Que vous n'habiterez jamais,
> N'eut dans son enceinte tranquille
> Qu'un seul couple d'amants parfaits.
> Toujours heureux, toujours fideles,
> Laure et Pétrarque dans ces lieux,
> Dans leurs caresses mutuelles,
> Ont fait cent fois envie aux dieux.
> Mais déja votre ame est émue
> De l'image de leurs plaisirs.
> L'Amour exauça leurs desirs
> Par-tout où s'étend votre vue ;
> Tantôt au pied de ce coteau,
> Près de ces ondes qui jaillissent ;
> Souvent sous cet épais berceau
> Que ces orangers embellissent ;
> Ici, quand le flambeau du jour
> De ses feux brûloit la verdure ;
> Plus loin, quand la nuit à son tour
> Venoit rafraichir la nature :
> Lisez en caractéres d'or,
> Sur ces portiques, sur ces marbres,
> Ces vers plus expressifs encor
> Que ceux qu'Angélique et Médor
> Gravoient ensemble sur les arbres.

Hé quoi ! dîmes-nous avec surprise, sont-ce là
ces chastes amours dont le poëte italien nous berce
dans ses sonnets et dans ses chansons ?

Et que deviendra la morale
Que, dans ses triomphes pieux,
Sa muse en vers religieux
Avec emphase nous étale !

Elle est toujours bonne pour la théorie, répliqua
notre conductrice. D'ailleurs, il y a plus de quatre
cents ans que Pétrarque et Laure s'aimoient.

C'étoit alors la mode de se taire,
Un indiscret n'auroit point été cru ;
Et, dans ce siecle, le mystere
Passoit hautement pour vertu.

On évitoit les mouvements extrêmes,
Les vains discours, les éclats imprudents ;
Pour amis et pour confidents,
Deux jeunes cœurs n'avoient qu'eux-mêmes.

Pétrarque enfin savoit jouir tout bas,
Favorisé sans le faire connoître,
Et d'autant plus heureux de l'être,
Qu'on croyoit qu'il ne l'étoit pas.

Faites votre profit de cela, continua-t-elle, s'il
en est encore temps. Adieu ; pour des mortels, vous
avez eu une assez longue audience d'une Nymphe.
Retournez joindre vos camarades, et ne dites au
moins que ce que vous avez vu. A ces mots, nous

fûmes enveloppés d'un nuage qui nous reporta dans un clin d'œil à Vaucluse.

Nous remontâmes à cheval. Notre voyage dans les plaines du Comtat ne fut de notre part qu'un cri d'admiration. Les canaux tirés de la Sorgue nous suivoient par-tout, et nous répétions continuelle-ment, comme en chœur d'opéra :

> Lieux tranquilles, ondes chéries,
> Nymphe aimable, flots argentés,
> Ranimez l'émail des prairies ;
> Fontaine, vos rives fleuries,
> Ces arbres sans cesse humectés ;
> Séjour des oiseaux enchantés,
> Nous rappellent les bergeries,
> Lieux autrefois si fréquentés,
> Et dont les touchantes beautés
> Ne sont plus qu'en nos rêveries.

Nous aurions voulu nous arrêter à Lille. Le temps ne nous le permit pas. Nous eûmes cependant le loisir d'en considérer la délicieuse situation. C'est un terroir que la nature et le travail se disputent l'honneur d'embellir. La Sorgue, qui, dans tout son cours, ne perd jamais sa couleur ni sa pureté, enveloppe entièrement la ville de ses eaux.

> C'est, dit-on, dans ces murs célebres,
> Que le malin sut autrefois
> Faire glisser dans le harnois
> D'un poëte entendant ténebres
> D'un fol amour le feu grégeois.

LE FRANC. 2.   8

C'est en effet à Lille que Pétrarque vit pour la
premiere fois, à l'office du vendredi saint, l'héroïne que ses vers ont rendue immortelle. Nous
sommes même persuadés que la beauté du pays a eu
autant de part à ses retours fréquents que la constance de sa passion. On ne peut rien imaginer de
plus séduisant que cette partie du Comtat : des
champs fertiles plantés comme des vergers, des
eaux transparentes, des chemins bordés d'arbres.

> Tel fut, sans doute, ou peu s'en faut,
> Le lieu que la main du Très-Haut
> Orna pour notre premier pere ;
> Jardin où notre chaste mere,
> Par le diable prise en défaut,
> Trahit son époux débonnaire.
> Par quoi ce doyen des maris
> Vit ses jours doublement maudits,
> Et murmura, dit-on, dans l'ame,
> D'être chassé du paradis
> Sans y pouvoir laisser sa femme.

Nous fûmes coucher à Cavaillon, et nous y arrivâmes d'assez bonne heure pour pouvoir parcourir
les promenades et les dehors de la ville, qui sont
agréablement ornés. Le lendemain, il fallut nous
résoudre à quitter cet admirable pays. Nous en sortîmes en passant la Durance ; et ce fut en mettant
le pied dans le bateau qu'un de nous entonna pour
les autres :

> Adieu, plaines du Comtat,
> Beaux lieux que la Sorgue arrose,
> Adieu ; mille fois béat

Le mortel qui se repose
Dans votre charmant état !
Loin de l'orgueilleux éclat
Qui souvent aux sots impose ;
Loin de la métamorphose
Du fermier et du prélat,
Tout est soumis à sa glose,
Hors le bon vice-légat
Qu'il doit respecter, pour cause.

Le soleil couchant nous vit arriver à Aix. Il y eut ce jour-là deux entrées remarquables dans cette ville ; celle d'un cardinal et la nôtre. Vous jugez bien, après la peinture du départ de Mirabeau, qu'il y avoit de la différence entre nos équipages et ceux de l'éminence. M. le cardinal d'Auvergne venoit de faire un pape, et nous de rendre visite aux druïdes et aux nymphes. Un quart d'heure de grotte enchantée vaut bien six mois de conclave. Quoi qu'il en soit, le même instant nous rassembla tous à Aix. Nous y entrâmes par ce cours si renommé,

Que les balcons et portiques
De vingt hôtels magnifiques
Ornent en divers endroits.
Ces lieux, dit-on, autrefois
Etoient vraiment spécifiques
Pour rendre plus prolifiques
Les moitiés de maints bourgeois.
Mais maintenant moins Gaulois,
Ils savent mieux les rubriques ;
Et les maris pacifiques
Reçoivent l'ami courtois

Dans les foyers domestiques.
Quelques arbres inégaux,
Force bancs, quatre fontaines,
Décorent ce long enclos ;
Où gens qui ne sont point sots,
De nouvelles incertaines
Vont amuser leur repos.

Voilà une assez mauvaise plaisanterie, que nous
vous livrons pour ce qu'elle vaut. A parler vrai, la
capitale de la Provence est également au-dessus de
la critique et de la louange. Nous l'avons vue dans
un temps où les campagnes sont peuplées aux dépens
des villes. Mais nous avons jugé de ce qu'elle doit
être, par la maison de monsieur et de madame de
la Tour, qui occupent les premieres places de la
province, et qui sont faits l'un et l'autre pour les
remplir au gré des citoyens et des étrangers.

Le ciel de plus mit un essaim de belles
Dedans ces murs qu'on ne peut trop vanter.
Si Dieu les fit ou tendres ou cruelles,
Sur ce point-là je ne puis vous citer
Discours, chansons, chroniques ni nouvelles :
Fors que pourtant je dois vous attester,
Sur le récit de maints auteurs fideles,
Que point ne faut séjourner avec elles,
Si l'on ne veut long-temps les regretter.

Aussi, madame, prîmes-nous notre parti en gens
de précaution. Nous ne demeurâmes que deux jours
et demi à Aix.

Nous voici enfin à Marseille. C'est une de ces

villes dont on ne dit rien pour en avoir trop à dire. Elle ne ressemble point aux autres villes du royaume, Sa beauté lui est particuliere ; ses dehors même et ses environs ne sont pas moins singuliers. C'est un nombre infini de petites maisons qui n'ont à la vérité, ni cour, ni bois, ni jardin, mais qui composent en total le coup d'œil le plus vivant qu'il y ait peut-être au monde. Que l'aspect de ce port est frappant !

Telles jadis en souveraines
Occupoient le trône des mers
Carthage et Tyr, puissantes reines
Du commerce de l'univers.
Marseille, leur digne rivale,
De toutes parts, à chaque instant,
Reçoit les tributs du couchant
Et de la rive orientale.
Vous y voyez soir et matin
Le Hollandois, le Levantin ;
L'Anglois sortant de ces demeures,
Où le laboureur, l'artisan,
N'ont jamais vu pendant trois heures
Le soleil pur quatre fois l'an ;
Le Lapon, qui naît dans la neige,
Et le Russe, et le Suédois,
Et l'habitant de la Norvege,
Qui souffle toujours dans ses doigts.
Là, tout esprit qui veut s'instruire
Prend de nouvelles notions.
D'un coup d'œil on voit, on admire,
Sous ce millier de pavillons,
Royaume, république, empire ;
Et l'on diroit qu'on y respire
L'air de toutes les nations.

8.

M. d'Héricourt, intendant des galeres, chez qui
nous dînâmes le lendemain de notre arrivée, nous
fit voir, dans le plus grand détail, les parties les
plus curieuses de l'arsénal. La salle d'armes est fort
belle. Ce sont deux grandes galeries qui se coupent
en croix. Les murailles en sont revêtues d'espaliers
de fusils et de mousquetons. D'espace en espace
s'élevent avec symétrie des pyramides de sabres,
d'épées, de baïonnettes d'une blancheur éblouis-
sante. Les plafonds sont décorés d'un bout à l'autre
de soleils composés de même, c'est-à-dire de rayons
de fer. On a mis aux extrémités de la salle de grands
trophées de tambours, de drapeaux et d'étendards,
qui paroissent gardés par des représentations de
soldats armés de toutes pieces.

> Ces lieux où reposent les dards
> Que la mort fournit à la gloire
> Offrent ensemble à nos regards
> L'horrible magasin de Mars
> Et le temple de la Victoire.

Après le dîner, M. d'Héricourt, dont on ne peut
trop louer l'esprit, le goût et la politesse, nous
prêta sa chaloupe pour aller au château d'If, qui
est à une lieue en mer. Les voyageurs veulent tout
voir.

> Nous fûmes donc au château d'If.
> C'est un lieu peu récréatif,
> Défendu par le fer oisif
> De plus d'un soldat maladif,
> Qui, de guerrier jadis actif,
> Est devenu garde passif.

Sur ce roc taillé dans le vif,
Par bon ordre on retient captif,
Dans l'enceinte d'un mur massif,
Esprit libertin, cœur rétif
Au salutaire correctif
D'un parent peu persuasif.
Le pauvre prisonnier pensif,
A la triste lueur du suif,
Jouit, pour seul soporatif,
Du murmure non lénitif
Dont l'élément rébarbatif
Frappe son organe attentif.
Or, pour être mémoratif
De ce domicile afflictif,
Je jurai, d'un ton expressif,
De vous le peindre en rime en if.
Ce fait, du roc désolatif
Nous sortîmes d'un pas hâtif,
Et rentrâmes dans notre esquif,
En répétant d'un ton plaintif,
Dieu nous garde du château d'If!

Nous regagnâmes le port à l'entrée de la nuit,
fort satisfaits, si ce n'étoit du château d'If, au moins
de notre promenade sur la mer.

C'est ici que l'abbé nous quitta. Nous devions
partir pour Toulon avant le jour, et lui pour la petite ville de Sallon, où il a dû présenter son offrande
et la nôtre au tombeau de Nostradamus. Il y eut de
l'attendrissement dans notre séparation.

Adieu, disions-nous sans cesse,
Ami sincere et flat eur,
Héros de délicatesse,
Dont le liant enchanteur

Fait badiner la sagesse,
Fait raisonner la jeunesse,
Et parle toujours au cœur.

Cependant nous essuyâmes nos larmes. Il alla se
coucher, et nous fûmes passer la nuit à table chez
le chevalier de C***.

La route de Marseille à Toulon n'auroit rien de
distingué, sans le fameux village d'Ollioules. Ce
fut là,

Comme cent plumes l'ont écrit,
Que la pénitente aux stigmates (1)
Régala les nonains béates
Des beaux miracles qu'elle apprit.
Dans ce métier, qui fut son maître?
Point n'importe de le connoître.
Quant à ce pauvre directeur (2)
Qu'on menaçoit de la brûlure,
Hélas! il n'eut jamais l'allure
D'un sorcier ni d'un enchanteur.

Quelques accidents de voyage nous empêchèrent
d'arriver de bonne heure à Toulon. Le lendemain,
notre premier soin fut d'aller visiter le parc.

Neptune a bâti sur ces rives
Le plus beau de tous ses palais;
Et ce Dieu l'a construit exprès
Pour son trésor et ses archives.
On y voit encor le trident

_____

(1) La Cadiere.
(2) Le P. Girard.

Dont il frappa l'onde étonnée,
Alors que l'Aquilon bruyant
Et sa cohorte mutinée
Firent, sans son consentement,
Larmoyer le pieux Enée.

Mais ce qui plus nous étonna,
C'est qu'on y voit les étrivieres
Dont il châtia les rivieres
Quand Garonne se révolta :
Fait que l'on ne connoissoit guere
Lorsque Chapelle l'attesta.

Notre Pégase est un peu foible pour nous transporter dans ce magnifique arsenal. L'air de la mer
appesantit ses ailes.

Le port de Toulon est entierement fait de main
d'homme. La rade est, dit-on, la plus belle et la
plus sûre de l'univers. L'immense étendue des magasins, et l'ordre qui y est observé, étonnent et touchent d'admiration. La corderie seule, qui est un bâtiment sur trois rangs de voûtes, a .... toises de long.
Vous nous en croirez aisément, si, après tant de
merveilles, nous vous disons que le roi paroît plus
grand là qu'à Versailles.

Le jour suivant, nous fûmes nous rassasier du
coup d'œil ravissant des côtes d'Hyeres. Il n'est
point de climat plus riant, ni de terroir plus fécond. Ce ne sont par-tout que des citrouniers et des
orangers en pleine terre.

Le grand enclos des Hespérides
Présentoit moins de pommes d'or
Aux regards des larrons avides

De leur éblouissant trésor.
Vertumne, Pomone, Zéphire,
Avec Flore y regnent toujours;
C'est l'asile de leurs amours,
Et le trône de leur empire:

Nous apprîmes à Hyères, car on s'instruit en
voyageant, l'effet que produisent dans l'air les caresses du dieu des zéphyrs et de la déesse des jardins. Vous savez, madame, qu'en approchant du
pays des orangers, on respire de loin le parfum
que répand la fleur de ces arbres. Un Cartésien
attribueroit peut-être cette vapeur odoriférante au
ressort de l'air; et un Newtonien ne manqueroit pas
d'en faire honneur à l'attraction. Ce n'est rien de
tout cela.

Quand par la fraîcheur du matin
La jeune Flore réveillée
Reçoit Zéphire sur son sein,
Sous les branches et la feuillée
De l'oranger et du jasmin
Mille roses s'épanouissent;
Les gazons plus frais reverdissent,
Tout se ranime, et chaque fleur,
Par ces tendres amants foulée,
De sa tige renouvelée
Exhale une plus douce odeur.
Autour d'eux voltige avec grace
Un essaim de zéphyrs légers;
L'Amour les suit et s'embarrasse
Dans les feuilles des orangers.
Zéphire, d'une ame enflammée,
Couvre son amante pâmée
De ses baisers audacieux.

Leur couche en est plus parfumée ;
Et dans cet instant précieux,
Toute la plaine est embaumée
De leurs transports délicieux.

Le lever de l'aurore et le coucher du soleil sont
ordinairement accompagnés de ces douces exhalaisons. Les jardins d'Hyeres ne sont pas moins utiles
qu'agréables. Il y en a un entr'autres qu'on dit valoir communément en fleurs et en fruits jusqu'à
vingt mille livres de rente, pourvu que les brouil-
lards ne s'en mêlent pas.

Nous revînmes coucher le même jour à Toulon.
Le lendemain nous préparoit un spectacle admirable. Nous allâmes dès le matin dans le parc pour
voir lancer à la mer un vaisseau de guerre de quatre-vingts pieces de canon. Cette masse terrible n'é-
toit plus soutenue que par quelques pieces de bois,
qu'on nomme, en terme de marine, épontilles. On
les ôte successivement. Elle porte enfin sur son
propre poids dans un lit de madriers enduits de
graisse. Un homme alors fort leste abat un pieu
qui retient encore le navire.

Au bruit des cris perçants qui s'élevent dans l'air,
La machine s'ébranle et fond comme l'éclair.
Tout s'éloigne, tout fuit de sa route enflammée ;
Le matelot tremblant respire la fumée :
Le rivage affaissé semble rentrer sous l'eau ;
L'onde obéit au poids du rapide vaisseau.
La mer en frémissant lui cede le passage ;
Il vole, et sur les flots que sa chûte partage,
De ses liens rompus dispersant les débris,

S'empare fièrement des gouffres de Thétis (1).

Ainsi quand sur les pas d'un héros intrépide,
La Grèce menaçoit les bords de la Colchide,
Des arbres de Dodone entraînés sur les mers
L'assemblage effrayant étonna l'univers;
De ses antres obscurs en vain l'affreux Borée
Accourut en furie au secours de Nérée;
Le vaisseau, fier vainqueur et des vents et des flots,
Accoutuma Neptune au joug des matelots.

Après cela, madame, quelque part que l'on soit,
il faut fermer les yeux sur tout le reste, et partir;
c'est ce que nous fîmes sur-le-champ, quoiqu'avec
regret. Nous quittâmes M. le chevalier de Mirabeau, non pas notre compagnon de voyage, mais
son frère aîné, jeune marin de vingt-trois ans, qui
joint à beaucoup de savoir et d'expérience dans
son métier le caractère le plus sûr et l'esprit le
plus aimable. Il avoit été pendant trois jours notre

---

(1) *Note de l'éditeur.* La pensée qu'exprime ce vers,
et même le premier hémistiche tout entier, se retrouvent
dans le poëme de l'Imagination de Jacques Delille. On
y lit en effet, à la fin d'une magnifique description du
vaisseau marchand et du vaisseau de guerre, ces deux
vers qui peignent si bien l'instant où un navire est lancé
du chantier dans les flots :

Il part, et, devant lui chassant les flots amers,
S'empare fièrement de l'empire des mers.

De l'empire des mers termine incomparablement mieux
le tableau, que *les gouffres de Thétis.* Mais c'est la
même idée, rendue plus heureusement et par un plus
grand coloriste.

patron; je me disposois à vous ébaucher son portrait. Deux importuns qui se croient en droit
de faire les honneurs de sa modestie, parcequ'ils
sont ses freres, m'arrachent la plume des mains.

Heureusement pour vous, madame, nous n'avons
plus rien à conter. Nous partons de Mirabeau
mardi prochain. J'aurai l'honneur de vous assurer
moi-même, dans peu de jours, de mon très humble
respect, et de vous présenter

> Un mortel qui de vos suffrages
> Depuis long-temps connoît le prix;
> Le compagnon de mes voyages
> Et l'Apollon de mes écrits.

Je suis, etc.

> Vous avez cru la besogne finie;
> Voici pourtant une apostille en bref,
> Ou bien en long, dont j'ai l'ame marrie.
> Si par hasard quelque méchant génie
> Vous déroboit ce fruit de notre chef
> Pour lui causer en public avanie,
> Ce qui pourroit nous porter grand méchef;
> Avertissons tout lecteur débonnaire,
> Que ce n'est pas voyage de long cours,
> Et qu'en dépit du censeur très sévere,
> Qui ne comptoit ni quarts d'heure, ni jours,
> Très fort le temps importe à notre affaire.

FIN DU VOYAGE DE LANGUEDOC
ET DE PROVENCE.

ESSAI

SUR

LE NECTAR ET SUR L'AMBROSIE.

A MADAME LA COMTESSE DE PONTAC.

Je suis ravi, madame, que vous lisiez les Mémoires de l'Académie des Inscriptions, et ceux de l'Académie de Cortone; c'est une conquête pour les littérateurs des deux nations; c'est pour vous un nouveau genre d'amusement. Rien n'est plus agréable ni plus instructif que ces collections variées, où toute sorte de points d'histoire, d'antiquités, de belles-lettres, sont traités et approfondis avec autant de goût que de savoir. Mais vous souhaiteriez peut-être que l'on vous fît grace des passages grecs et latins; vous ne voudriez point être arrêtée par des citations en langue étrangere. Il semble, je l'avoue, que les savants n'entendent pas bien leur intérêt : on diroit qu'ils renoncent de gaieté de cœur aux suffrages de la plus belle moitié du genre humain. Votre sexe, accoutumé à décider du sort des hommes, regle aussi la destinée de leurs écrits.

En attendant que de plus habiles gens que moi

humanisent en votre faveur leurs travaux, voici un
Essai sur le Nectar et sur l'Ambrosie, composé ori-
ginairement en italien par M. l'abbé Venuti, mon
ami intime, et que vous honorez vous-même d'une
amitié si particuliere. Vous reconnoîtrez sans peine
l'agrément et la légèreté qui caractérisent son érudition : il n'est pas donné à tout le monde d'être savant avec grace. J'ai confondu quelquefois dans cet
ouvrage mes recherches avec les siennes. L'ambrosie et le nectar étoient, comme vous savez, la nourriture et le breuvage des dieux. Les différentes opinions des théologiens du paganisme sur ce point de
la mythologie produisent naturellement des images riantes et des descriptions tirées des meilleurs
poëtes de l'antiquité. Je serai l'interprete d'Homere,
de Pindare, et de Virgile. Vous préférerez sûrement
des vers françois, quelque foibles qu'ils soient, à
de magnifiques vers grecs ou latins que vous n'en
tendriez pas.

———————

Un instinct grossier et l'amour matériel des choses
sensibles dégoûterent peu-à-peu les hommes des
idées purement spirituelles. Ils se lasserent bientôt
d'adorer un être invisible. Les objets qui frappoient
leurs yeux furent seuls capables d'attirer leurs regards, et de fixer leur adoration. Ayant donc abandonné le vrai Dieu, ils s'en firent de nouveaux, et
se les figurerent sujets aux mêmes passions que
nous, et renfermés dans les bornes étroites des né-
cessités humaines.

Les poëtes adopterent ces mensonges, et les em-
bellirent de tous les ornements de l'art. Ils attri-
buerent aux habitants de l'Olympe un corps peu dif-
férent du nôtre, et l'assujettirent à la plupart des
accidents et des besoins des corps mortels. Les philosophes stoïciens ne l'exemptoient pas même de
corruption et de changement (1). On pourroit soupçonner aussi les platoniciens de la même impiété,
si l'on examinoit rigoureusement leurs écrits. Porphyre demande à un prêtre égyptien comment le
soleil et la lune pourroient être aperçus, si ces divinités n'avoient point de corps. Les épicuriens pré-
tendoient que la figure des dieux n'avoit rien de
solide, de compacte, de rude ; mais qu'elle étoit
pure, polie, et transparente comme du verre ; qu'au
lieu de corps, ils n'avoient qu'une apparence de
corps ; au lieu de sang, qu'une apparence de sang.
Cicéron s'est moqué de ces définitions absurdes :
« Le comble du ridicule (s'écrie un de ses interlo-
« cuteurs en apostrophant les philosophes) c'est
« qu'en disant de pareilles sottises, vous ayez le
« front de n'en pas rire ». On lit dans un autre endroit du même auteur, qu'Epicure a voulu faire le
mauvais plaisant quand il donne à ses dieux une
figure transparente (2). Mais ce philosophe avoit
suivi sans doute le systême peu sérieux des poëtes

---

(1) Consultez Plutarque, Clément d'Alexandrie, et
quelques autres peres de l'Eglise.

(2) Voyez Cicéron, sur la Nature des Dieux, livre
premier, et Traité de la Divination, livre II.

qui attribuoient aux dieux une substance légère, subtile, et destituée de sang. Cependant comme il ne paroît pas possible d'assurer l'existence à ces corps célestes, quelque déliés qu'ils fussent, sans y mêler des liquides, on imagina une liqueur spiritueuse et veloutée qui circulât légèrement dans leurs veines, et qu'on appela *ichor*. C'étoit celle qui sortoit du corps des dieux, quand quelque mortel insolent s'oublioit jusqu'à les battre et à les blesser. Ainsi lorsque Diomede, dans l'Iliade, frappe brutalement Vénus de sa pique, la déesse, dit Homere (1),

Verse un sang embaumé, tel qu'est le sang des dieux,
Liqueur incorruptible, eau douce et colorée,
Qui les rend immortels, et n'est point altérée
Par le mélange impur des mets pernicieux,
Qui des jours des humains abrègent la durée.

Tout dieu, traité de la sorte, se désespéroit, faisoit des lamentations pitoyables ; il prenoit à témoin la terre et le ciel de l'affront qu'il recevoit ; et, pour comble de malheur, il étoit obligé de recourir aux médecins (2). Vénus tombe évanouie ; Mars, écumant de rage, s'en retourne au ciel, et, criant comme un forcené,

Il montre à Jupiter sa honte et son injure,
Et le sang immortel coulant de sa blessure (3).

---

(1) Liv. V, vers 589.
(2) Pluton et Mars furent guéris de leurs blessures par Pæon. (Iliade, livre ...)
(3) Homere, ibid. vers 870. Milton a imité cette

9.

Ce sang immortel n'est autre chose que la liqueur ou lymphe dont nous parlons. Mais comme la transpiration, ou d'autres effets naturels, pouvoient diminuer insensiblement la quantité de cette liqueur divine, il fallut l'entretenir par les mêmes voies que l'on répare et qu'on entretient dans le corps de l'homme la masse du sang, et trouver pour cela des aliments et un breuvage. On inventa donc l'ambrosie et le nectar.

La regle des dissertations exigeroit, madame, que je vous expliquasse ici les différentes étymologies de ces deux noms. Les étymologistes ont l'imagination féconde; ils aperçoivent dans l'assemblage de cinq ou six lettres, un nombre prodigieux d'idées et de significations, souvent opposées l'une à l'autre. Qu'il vous suffise de savoir qu'*ambrosie* (1), composé d'un mot grec et d'une certaine particule qu'on appelle *privative*, peut signifier immortel, ou dont l'usage n'est pas permis aux mortels. L'étymologie de *nectar* ne me paroît pas si naturelle. On veut y trouver que cette liqueur « rajeunit ceux qui en boivent », ou, selon d'autres, qu'elle « ne tue ni ne détruit », comme font les boissons ordinaires des hommes.

Tout cela est relatif aux attributs que les poëtes donnent aux dieux; aux épithetes d'immortels, d'exempts de vieillesse et de maladies (2). Ces belles

idée, et presque traduit les vers grecs dans sa description du combat singulier de Michel et de Satan.

(1) Consultez Suidas.
(2) Voyez Homere.

prérogatives n'empêcherent pourtant pas des hommes impies, entre autres, un certain Evemere (1), d'avancer hardiment que plusieurs dieux étoient morts, et qu'on les avoit enterrés. Les Crétois s'opiniâtroient toujours à montrer aux étrangers le tombeau de Jupiter; chose indécente, et qui scandalisoit beaucoup les poëtes et les théologiens (2).

A l'égard des maladies des dieux, nous savons que Jupiter ayant eu la singuliere fantaisie d'accoucher, souffroit continuellement de violents maux de tête, ce qui n'est pas étonnant, puisqu'il portoit dans le cerveau une grande fille armée de pied en cap. La grossesse de Jupiter causa dans le ciel de grandes alarmes; ce fut bien pis, quand les douleurs de l'enfantement le saisirent, et qu'il commença d'entrer en travail. Vulcain ne put le soulager qu'en lui fendant la tête d'un coup de hache, opération assez dangereuse, qui obligea le nouvel accouché de garder le lit pendant plusieurs jours. Ce même Jupiter menaçoit sa femme de lui lancer un si furieux coup de tonnerre, qu'elle n'en guériroit de dix ans (3).

Ce mélange d'attributs divins et d'infirmités humaines ne supposoit pas un grand fonds de raison ni de justesse dans les inventeurs de semblables divinités. Aussi étoient-ce des poëtes. Mais ne croyons

---

(1) Voyez Cicéron, livre premier, sur la Nature des Dieux.

(2) Callimaque, dans l'Hymne sur Jupiter. Lucien, sur les Sacrifices.

(3) Iliade, liv. VIII.

pas que les philosophes fussent plus raisonnables ni plus conséquents. Il n'y a souvent de différence entre eux que celle des vers et du syllogisme. Erreurs pour erreurs, les illusions agréables des poëtes valent bien les visions tristes des philosophes.

Quoi qu'il en soit, la fable ne pouvoit rien inventer de plus charmant que l'ambrosie et le nectar. Cette nourriture délicieuse et cette liqueur embaumée flattoient tous les sens à la fois ; elles donnoient la jeunesse ou la conservoient, rendoient la vie gaie, délicieuse, et procuroient l'immortalité. Sera-t-on surpris après cela, qu'une fiction aussi ingénieuse ait fourni aux poëtes anciens et modernes tant de belles idées, tant d'images séduisantes? La volupté, le plaisir, l'amour, la beauté, les graces, la vie même, tout est dans leurs mains le fruit de l'ambrosie et du nectar.

Si l'herbe d'Hélene, qui, par une propriété merveilleuse, répandoit l'alégresse dans les festins, a enrichi la poésie d'une infinité de descriptions, de peintures, et de comparaisons, quel parti les poëtes n'ont-ils pas dû tirer du nectar et de l'ambrosie? Les médecins et les naturalistes ne sont pas d'accord, je l'avoue, sur cette herbe fameuse, appelée *népenthé*. Les uns disent que c'est la *buglose* (1), d'autres croient que c'est l'*opium*. On n'est pas mieux instruit de ce qu'étoient l'ambrosie et le nectar. Mais cette incertitude même laisse à notre imagination la liberté de concevoir et de se représenter

---

(1) Suivant Galien, la buglose prise avec du vin inspire la gaieté.

dans cet aliment céleste tout ce qu'il y a de beau,
de désirable, et de bon.

C'est nous rendre un service médiocre que de
vouloir rappeler à un objet sérieux cette invention
poétique, et de s'épuiser en spéculations abstraites
pour y découvrir l'essence et la vertu de la loi divine, l'innocence, l'immortalité, la sagesse, la force
qui entretient l'univers (1). Vous me dispenserez,
madame, de vous étaler ces sublimes et ennuyeux
mysteres; car, pour me servir d'une pensée ingénieuse de M. de Lamotte, dans son Discours sur
Homere, « ceux qui savent là-dessus la vérité n'ont
« pas grand avantage sur ceux qui l'ignorent. »

Euripide, surnommé le philosophe du théâtre,
invective hautement (2) contre les poëtes qui osoient
dire que les dieux étoient assujettis à des besoins.
Cependant Porphyre, ce partisan de la plus saine
philosophie des païens, ce platonicien rigoriste, n'a
pas honte d'avouer que les dieux qu'il adoroit ne
pouvoient se passer des vapeurs et des exhalaisons
des sacrifices, et qu'ils en avoient besoin pour vivre (3). Cet empereur philosophe, qui tient un rang
si distingué parmi les écrivains moralistes, étant
introduit par Mercure au banquet que Julien a décrit si plaisamment, Silene l'interroge en ces mots:
« Pourquoi, quand tu vivois, ne mangeois-tu pas

---

(1) Vid. Steph. Pighii de Themide Deâ seu lege divinâ
inter antiquitat. Grævii.

(2) Dans sa tragédie d'Hercule furieux.

(3) Lettre de Porphyre à un prêtre égyptien. Traité
du même sur l'abstinence de la chair des animaux.

« comme nous de l'ambrosie, et pourquoi ne bu-
« vois-tu pas du nectar (1)? » Le sage Marc-Aurèle
répond gravement que ce n'étoit point en cela qu'il
avoit voulu les imiter; qu'il s'étoit nourri des aliments usités parmi les hommes; qu'au surplus il
savoit très bien que le nectar et l'ambrosie ne suffi-
soient pas aux dieux, et qu'ils aimoient beaucoup
la fumée des sacrifices.

Lucien, dans son Traité des Sacrifices, assure
que les dieux quittoient volontiers leur nourriture
ordinaire pour s'aller repaître de l'odeur des viandes, pour manger la graisse et boire le sang des
victimes, ce qui n'est point un simple trait de plaisanterie de cet écrivain médisant, mais une attesta-
tion de la croyance générale et constante des païens.
Homère a beau dire dans quelque endroit de ses
poëmes, que les sacrifices les plus agréables aux
dieux sont les cantiques et les hymnes chantés en
leur honneur; ce même poëte répète sans cesse
ailleurs qu'ils respirent et boivent avec avidité les
vapeurs onctueuses qu'exhalent les victimes con-
sumées sur leurs autels. Les pères de l'Eglise ont
souvent reproché aux Gentils cette opinion ridicule. Les païens croient sauver la réputation de
leurs fausses divinités en répondant que ce n'étoit
point l'odeur de la graisse, ni la fumée des victimes,
mais seulement les parfums qui chatouilloient déli-
catement l'odorat des dieux, et leur servoient en
même temps de nourriture. De là vient sans doute

---

(1) Voyez les notes de M. Spanheim sur cet endroit de
la Satire des Césars.

qu'Antiphane (1) soutient que, dans le sacrifice des hécatombes, les dieux ne recevoient avec plaisir que la vapeur de l'encens, et que le reste étoit une invention des prêtres pour faire de bons repas aux dépens des dévots.

Je me rappelle à ce sujet une assez plaisante épigramme de l'Anthologie (2). Un prêtre, nommé Arion, étoit si prompt à desservir les viandes présentées à Apollon, que le pauvre dieu n'avoit presque pas le temps de les voir ni de les sentir. On en fut instruit par un particulier qui lui offroit un jour, pendant qu'il n'y avoit personne dans le temple, des viandes choisies et des vins excellents :

> Pere du jour, ces victimes fumantes
> Sont un tribut pour ta divinité :
> De ce bon vin, de ces chairs odorantes,
> Repais, grand dieu, ton immortalité.
> Ma foi, mon cher, lui répondit le buste,
> Tous ces mets-là sont pour le sacristain ;
> Sans le nectar que me fournit Jupin,
> Eussé-je été mille fois plus robuste,
> Sur mon autel je serois mort de faim.

Cette charité de Jupiter nous apprend qu'il faisoit les frais de l'ambrosie et du nectar pour tous les dieux, et qu'ils avoient au moins cette ressource quand les sacrifices leur manquoient.

---

(1) Voyez les notes de M. Spanheim sur les Césars de Julien.

(2) Liv. XI, chap. 4.

Avec des divinités de cette espece, il n'est pas
étonnant que les hommes fussent impies et sacri-
léges. On pouvoit sans risque se brouiller avec les
dieux ; la paix n'étoit pas difficile à faire : une gé-
nisse et de l'encens raccommodoient tout. Il est vrai
que les païens sensés (1) ne mettoient pas dans cette
catégorie les habitants de l'Olympe, et qu'ils n'attribuoient ces besoins grossiers et corporels qu'aux
mauvais génies, qu'aux dieux terrestres. Ceux du
ciel se contentoient du nectar et de l'ambrosie.
Mais ces petites divinités de Plaute (2), cette popu-
lace de dieux d'Arnobe (3), ces dieux subalternes,
répandus dans les eaux, dans les bois, sur les montagnes, étoient privés de cette nourriture précieuse,
et s'accommodoient fort bien de ces aliments solides qui causent tant d'indigestions aux infortunés
mortels. Le vin sur-tout étoit pour eux une boisson
délicieuse ; plusieurs même étoient naturellement
ivrognes, et par-dessus tous, Silene, qui, marchan-
dant un jour le vin d'Ulysse, en avala d'abord une
outre pour en connoître mieux la bonté (4).

Lucien, qui savoit parfaitement les anecdotes du
ciel, accusoit les grands dieux de n'être pas plus
sobres que les petits. Il dit que, dans leur vie pri-
vée, quand ils soupoient ensemble à leur table ronde,

---

(1) Vide Origen. contra Cels. et Porph. de abstí-
nentiâ.

(2) In Cistellariâ.

(3) Plebs Numinum, lib. III, advers. Gent.

(4) Le Cyclope, tragédie d'Euripide, scene premiere.

il n'étoit plus question d'ambrosie ni de nectar, et que chacun d'eux offroit aux convives un régal de sa façon (1). Cérès, par exemple, fournissoit le pain, Bacchus le vin, Hercule les viandes, Neptune le poisson, Vénus les épiceries; les muses chantoient, Apollon donnoit les violons, Silene menoit les contredanses. Il faut croire, quoiqu'il ne le dise pas, qu'on avoit au moins attention à ne pas laisser trop boire le Soleil, de peur qu'il ne s'enivrât, et que, venant ensuite à verser, il ne mît le feu au ciel. C'est par cette raison que certains peuples de Grece, gens sages et précautionnés, ne faisoient point de libations de vin dans les sacrifices qu'ils offroient à ce dieu (2).

Après ces éclaircissements préliminaires, vous voudrez apprendre enfin ce qu'étoient l'ambrosie et le nectar, à quel usage on les employoit, quelles en étoient les propriétés, à qui les dieux en avoient confié la garde et la distribution, et de quelle maniere les poëtes en ont parlé, tantôt dans le sens naturel, et tantôt dans le métaphorique.

Personne ne se douteroit que le point de critique de l'antiquité païenne le plus difficile à éclaircir, consiste à savoir si l'on mangeoit l'ambrosie, et si l'on buvoit le nectar; ou si au contraire le nectar étoit un aliment solide, et l'ambrosie une liqueur. Rien n'est plus obscur ni plus confus chez les poëtes que cette question. On croiroit qu'ils ont pris à

(1) Lucien, dans l'Icare-Menippe.
(2) Athæn. lib. XV. Phylarg. histor. lib. XI.

tâche de donner sur cela la torture aux grammai-
riens. L'ambrosie, selon Suidas, est une nourriture seche ; selon Festus, le nectar est le breuvage
des dieux. L'ancien scholiaste de Théocrite dit que
l'ambrosie est un mets, et le nectar une boisson (1).
Lucien est du même sentiment dans son Icare-Mé-
nippe, où Ménippe, qui avoit eu l'honneur d'être
admis à la table du roi des dieux, parle ainsi de ce
qu'on y faisoit : « Je goûtois tranquillement et à
« mon aise du nectar et de l'ambrosie. Le charmant
« Ganymede, l'ami et le protecteur des hommes, ne
« voyoit pas plutôt Jupiter tourner les yeux d'un
« autre côté, qu'il me versoit à la dérobée un ou
« deux bons coups de nectar. Les dieux, ainsi que
« l'assure Homere, qui vraisemblablement l'avoit
« vu tout comme moi, ignorent l'usage du pain et
« du vin, mais ils mangent de l'ambrosie et s'eni-
« vrent de nectar. »

Malgré tout cela, Anaxandride, ancien poëte,
cité par Athénée, dit clairement que les dieux buvoient l'ambrosie et mangeoient le nectar.

Nous mangeons le nectar et buvons l'ambrosie.
    De Jupiter seul échanson,
Je vois à mes côtés la reine d'Idalie,
    Et m'entretiens avec Junon.

Athénée cite encore Alcman, auteur que lui seul
nous a fait connoître, lequel assure que les dieux
mangeoient le nectar ; Sapho, de son côté, leur fait

_____

(1) Idylle VII, vers 82.

boire l'ambrosie (1). Ces autorités, toutes respectables qu'elles sont, n'empêchent pas Athénée de
suivre l'opinion commune, adoptée par Homere,
suivant laquelle on mangeoit l'ambrosie et l'on buvoit le nectar.

Je crois qu'il importe peu de chercher à concilier là-dessus les sentiments contraires. Il seroit bien
plus agréable et plus utile de connoître la nature
et le goût de ces précieux aliments. Ibicus nous a
déja mis sur les voies. Il dit (2) « que l'Ambrosie est
« neuf fois plus douce que le miel, et qu'en man-
« geant du miel, on éprouve la neuvieme partie du
« plaisir que l'on goûte en mangeant de l'ambrosie ».
Ne voilà-t-il pas une admirable découverte pour les
chimistes, et ne pourront-ils pas, à force d'analyses
et de mélanges, parvenir un jour à composer de
l'ambrosie, comme ces habitants du mont Olympe (3), qui s'imaginoient faire du nectar en mêlant
ensemble du vin, du miel et des fleurs odorifé-
rantes ; ou comme ces Grecs (4) qui faisoient de
prétendues libations d'ambrosie, c'est-à-dire, une
composition de miel, d'eau et de sucs de fruits de

---

(1) « On préparoit l'ambrosie, dit-elle dans des vers
« rapportés par Athénée ; et Mercure, prenant la coupe,
« présentoit du vin aux dieux » ; ce qui veut dire sans
doute, dans le sens de l'auteur, que Mercure versoit
aux dieux la liqueur qui leur tenoit lieu de vin.

(2) Apud Athæn. lib. XI.

(3) Athæn. lib. XI. Vid. Muson. philos. de luxu
Græcor. cap. 3. apud Gronovii antiq. tom. VIII.

(4) Athæn. lib. IX.

toute espece, quand ils vouloient célébrer la dédi-
cace de la statue de Jupiter Ctésien?

Il seroit difficile de remonter jusqu'à la premiere
origine du nectar et de l'ambrosie. Le scholiaste de
Callimaque (1) est le seul qui ait observé que
l'ambrosie coula pour la premiere fois d'une des
cornes de la chevre Amalthée, et que le nectar sor-
tit de l'autre ; sans examiner d'ailleurs de quoi les
dieux pouvoient vivre avant que la chevre Amalthée vint au monde. Ce ne sera pas moi non plus
qui vous dirai de quelle couleur étoit l'ambrosie(2).
Homere a seulement écrit que le nectar étoit rou-
ge (3). Il nous apprend dans un autre endroit, que
l'ambrosie servoit à faire du beurre, de l'huile et de
la pommade. Vous pensez bien, madame, que la
pâte et la quintessence d'ambrosie n'étoient pas
épargnées à la toilette des déesses. Vénus seule en
devoit épuiser les magasins de Jupiter. « Quand
« elle marchoit, dit Virgile (4), ses cheveux mouil-
« lés d'ambrosie exhaloient de sa tête une odeur
« divine ». La jeune Hébé ne respiroit dans tout son
corps qu'ambrosie et que nectar.

Mais rien n'approche, selon moi, de la description galante que fait Homere de la toilette de Junon, quand cette déesse fiere et impérieuse s'arme

---

(1) Vid. Hymn. in Jovem Callim.

(2) Apulée parle de la couleur de l'ambrosie. *Milesiar.*

(3) Odyss. lib. V, vers. 92, et Hymn. in Ven. vers.
207.

(4) Enéide, liv. I, vers 407.

de tous ses attraits pour séduire Jupiter (1). Je ne sais si ce morceau vous plaira en françois; mais j'ose vous répondre qu'il est admirable en grec.

Sur son corps rafraichi par un bain d'ambrosie,
Elle verse des flots d'une essence choisie,
Et la douce vapeur du parfum précieux
Embaume au loin la terre et le palais des dieux.
Ses cheveux ondoyants qu'avec art elle tresse,
Qu'elle teint d'ambrosie, et que l'Amour caresse,
Répandent autour d'elle une divine odeur
Qui des tendres desirs renouvelle l'ardeur.
Le feu des diamants sur sa tête étincelle;
Sa ceinture lui donne une grace nouvelle:
Une agrafe superbe attache sur son sein
Le voile que Minerve a tissu de sa main.
Elle met sur son front un brillant diadême,
Attribut de son rang et du pouvoir suprême;
L'éclat qu'elle en reçoit ajoute à sa beauté;
Le soleil qui se leve a moins de majesté;
Et les liens galants qui forment sa chaussure,
De l'auguste déesse achevent la parure.

Ce morceau a mérité des louanges de M. de La-motte; mais la critique est à côté de l'éloge; car cet ingénieux écrivain ne loue jamais Homere sans restriction. « Homere, dit-il, descend jus-« qu'à dire en beaux termes, si l'on veut, mais « toujours clairement, qu'elle se décrassa tout le « corps avant que de le parfumer; idée qui ternit « mal-à-propos une image d'ailleurs toute gra-« cieuse ». Permettez-moi de prendre ici le parti

_____

(1) Iliade, liv. XIV.

du vieux poëte grec, et de le mener à votre tribunal. Si M. de Lamotte avoit bien compris le sens de tous les mots de l'original, il auroit peut-être reconnu que l'image gracieuse des ajustemens de Junon n'est terni par aucun objet dégoûtant. Homere a voulu nous peindre en détail la toilette d'une jolie femme ; et bien loin d'y présenter des objets peu agréables, il répand des graces et de la volupté sur les préliminaires mêmes de cette toilette. L'expression que M. de Lamotte traduit crument par le terme de *décrasser*, est accompagnée d'images et de circonstances qui n'ont certainement rien de rebutant pour l'imagination : « Junon lave avec « de l'ambrosie son beau corps, fait pour inspirer des « desirs, et se parfume avec de l'essence d'ambro- « sie ». Voilà Homere tout pur ; supposez cela rendu en termes nobles et choisis, en vers harmonieux, et prononcez sur la critique de M. de Lamotte. Il n'a pas été aussi sévere à l'égard d'Anacréon. Il y a néanmoins dans les odes de cet auteur, même dans celles que M. de Lamotte a traduites ou imitées, des expressions qui, rendues littéralement, seroient ridicules et maussades, quoiqu'elles fassent partie de tableaux riants, et d'*images toutes gracieuses*. Vous connoissez la petite ode anacréontique des Souhaits. Elle est charmante dans le grec, et c'est une des plus jolies de M. de Lamotte. Je rends volontiers à ce moderne la justice qu'il a si cruellement refusée aux anciens. Mais une traduction qui rendroit servilement et mot pour mot cette même ode, la dégraderoit autant que le vers qui représente Junon décrassant son beau corps avant que de le parfumer, a déprécié, aux yeux de M. de Lamotte, un des plus agréables morceaux d'Homere. Car enfin, que penseroit-on du style et de la galanterie d'un amant qui diroit en françois à sa maîtresse (1): « Je voudrois bien être l'eau qui sert à « vous laver; que ne suis-je votre pantoufle »! On doit donc chercher dans lui-même, et non dans une version platement littérale, un auteur que l'on imite ou que l'on traduit; j'ajoute aussi un auteur que l'on critique; sans quoi l'on passe pour injuste ou pour ignorant.

Dans un ouvrage en vers, la pensée dépend de l'expression, quoique l'expression ne tienne pas lieu de pensée. Ainsi Anacréon cesse de l'être entre les mains de M. de Longepierre. On le retrouve assez souvent dans les imitations de M. de Lamotte. L'ode du Miroir, du Bain et de la Pantoufle, pièce ravissante par la chaleur et le sentiment qui y regnent, a fourni au traducteur Longepierre les vers que voici:

« Moi, je voudrois changer et devenir miroir,
« Afin qu'à tout moment vous voulussiez me voir.
« Je voudrois être habit pour vous toucher sans cesse,
    « Essence pour vous parfumer;
  « Ah, que ne puis-je en eau me transformer !
« Pour laver le doux corps de ma belle maîtresse!
« Que ne suis-je l'écharpe, et cet heureux lien
« Qui presse votre gorge et lui sert de soutien !
« D'une perle, à l'instant, que n'ai-je la figure,
« Pour parer votre col, pour baiser tant d'appas !

_____

(1) Anacréon, ode XX.

« On que ne puis-je enfin vous servir de chaussure,
« Pour être au moins foulé par vos pieds délicats! »

Cette galanterie, charmante dans l'original, est
insipide et grossiere dans le traducteur. D'où vient
cette prodigieuse différence, les images et les pensées étant les mêmes dans le grec et dans le françois? De l'expression. Il est donc vrai qu'une pensée, qu'une image peut plaire dans une langue et
déplaire dans une autre, suivant qu'elle est bien ou
mal exprimée. Vous venez de voir Anacréon en
laid, voyez-le à présent en beau, ou pour parler
juste, tel qu'il est dans son langage. Car je me
figure que s'il eût écrit sa petite ode en françois,
il se seroit exprimé à peu près comme M. de Lamotte, son imitateur.

 « Que ne suis-je la fleur nouvelle
  « Qu'au matin Clymene choisit;
 « Qui sur le sein de cette belle
 « Passe le seul jour qu'elle vit...!

 « Que ne suis-je cette onde claire
 « Qui, contre la chaleur du jour,
 « Dans son sein reçoit ma bergere,
 « Qu'elle croit la mere d'Amour!

 « Dieux, si j'étois cette fontaine!
 « Que bientôt mes flots enflammés...!
 « Pardonnez; je voudrois, Clymene,
 « Etre tout ce que vous aimez. »

Il résulte du passage qui a donné lieu à cette
digression, que l'on faisoit bien des choses avec

l'ambrosie; qu'outre l'ambrosie pure, il y avoit de
l'eau d'ambrosie, de la quintessence d'ambrosie,
de la pommade, de la pâte d'ambrosie (1). Les
dieux ne manquoient pas d'habiles distillateurs; et
l'on peut croire que de toutes les déesses, Junon
n'étoit pas la plus mal servie.

La bonne madame Dacier, qui passoit sa vie à
se pâmer de joie et d'admiration sur les auteurs
grecs, et principalement sur Homere, fait la réflexion
que voici : « Remarquez, dit-elle, que Junon n'a
« ni miroir, ni femmes de chambre, ni dame d'a-
« tour. Elle-même se peigne, se frise, et s'habille.
« Qui peut mieux ajuster la reine des dieux que la
« reine des déesses même »? Ce n'est pas de quoi
il s'agit ici. Junon ne vouloit point que son dessein
fût su de personne; « dans cette vue (c'est Homere
« qui parle, et c'est madame Dacier qui traduit), elle
« va dans l'appartement que son fils Vulcain lui
« avoit élevé de ses mains immortelles, et dont les
« portes solides et bien posées fermoient avec une
« clé si particuliere, qu'aucun autre dieu qu'elle
« n'avoit le secret de les ouvrir ». Il lui importoit
extrêmement que son époux ne fût point informé
des préparatifs qu'elle faisoit. Pour peu que Jupiter en eût été averti, l'auguste Junon perdoit les
frais de l'ambrosie et de la frisure : un mari est

_____

(1) Dans le passage d'Homere dont il s'agit, Junon
se lave d'abord avec de l'eau d'ambrosie; ensuite elle
se parfume avec de l'essence, ou de la quintessence
d'ambrosie; enfin ses cheveux sont luisants d'ambrosie :
voilà la pommade.

bientôt accoutumé aux attraits de sa femme, et Jupiter étoit marié avec la sienne depuis trois cents ans. (1)

Vous avez pu remarquer, madame, par tous les endroits que j'ai cités, qu'un des principaux mérites de l'ambrosie, étoit son odeur fine et délicate (2). Les déesses se piquoient de sentir bon ; Isis, suivant Plutarque, exhaloit une odeur merveilleuse. Lucien écrit qu'il sortoit du temple de la déesse de Syrie, à Hierapolis, une odeur d'ambrosie qui se repandoit au loin, et qui s'attachoit si fortement aux habits, qu'ils en étoient long-temps parfumés. L'haleine de Vénus rassembloit tout ce qui pouvoit flatter le plus agréablement l'odorat (3) ; cette déesse avoit même des quintessences particulieres (4), et dont elle seule faisoit usage. Flore ne cédoit en rien de ce côté-là aux autres divinités. Ovide, dans ses Fastes, livre cinquieme, lui attribue les mêmes avantages :

> Elle disparoît à nos yeux ;
> Mais, au doux parfum qu'elle laisse,
> On reconnoît qu'une déesse
> Etoit présente dans ces lieux.

Hippolyte prêt à rendre le dernier soupir, comprit par la douce odeur répandue tout-à-coup dans

---

(1) Callimaque.
(2) Opuscules de Plutarque.
(3) Apulée, liv. VI, Métam.
(4) Odyssée, liv. XVIII, vers 191.

sa maison ; que Diane venoit d'y entrer ; il s'écrie aussitôt d'une voix mourante (1) :

Quel céleste parfum s'éleve autour de moi !
Déesse bienfaisante , ô Diane , est-ce toi ?
Hélas ! quel prompt secours pour mon ame affoiblie !
Dans mon corps expirant tu fais rentrer la vie.

Les Dieux n'avoient pas moins de goût pour les odeurs que les déesses. Mercure n'alloit jamais en course qu'il ne chaussât auparavant ses brodequins d'or et parfumés d'ambrosie (2). Cette odeur divine remplit toute l'île de Délos , quand Apollon vint au monde (3). Jupiter même , ce fils aîné du vieux Saturne , se frisoit, se parfumoit les cheveux avec de la pommade d'ambrosie (4), et n'étoit pas moins recherché sur cet article que les plus jeunes dieux de la cour céleste.

Ainsi quand d'un clin d'œil il écarte ou rappelle
L'auguste tribunal des habitants des cieux ,
Ses cheveux, d'où s'exhale un parfum précieux,
S'agitent doucement sur sa tête immortelle ;
La terre à ce signal sur ses voûtes chancele ,
Et l'Olympe ébranlé s'incline avec les dieux.

Mais rien ne prouve mieux les effets de l'ambrosie, considérée comme une matiere odoriférante,

_____

(1) Hippol. vers 1391.
(2) Iliade , liv. XXXIV, vers 340.
(3) Theognid.
(4) Iliade , liv. I , vers 528.

que l'aventure de Ménélas racontée par lui-même
à Télémaque. Idothée, l'une des déesses de la mer,
avoit conseillé à ce prince de consulter Protée,
dieu célebre par ses prédictions. Pour lui en faci-
liter les moyens, elle écorcha quatre baleines, et
revêtit de leurs peaux Ménélas et trois de ses compagnons, afin qu'ils pussent se mêler parmi les trou-
peaux de son pere, sans être reconnus. Mais comme
la puanteur de ces peaux, encore fraîches, les auroit peut-être étouffés, la nymphe imagina un pré-
servatif merveilleux ; ce fut de leur boucher le nez
avec des tampons d'ambrosie. (1)

Le nectar n'étoit pas moins agréable à sentir que
l'ambrosie. Théocrite, Nonnus, Homere et Lucrece,
vantent l'odeur du Nectar (2). Hermippe en fait
autant dans des vers qui nous ont été conservés par
Athénée.

Parmi les propriétés de l'ambrosie, j'en oubliois
une qui avoit son utilité dans plus d'une occasion ;
c'est qu'on en faisoit du baume excellent, propre à
conserver les corps morts. Dans l'Iliade, Apollon,
par ordre de Jupiter, lave le corps de Sarpedon avec
de l'eau de riviere, et le frotte d'ambrosie (3). Les
belles mains de Vénus rendirent le même service
au corps d'Hector (4). Enfin l'ambrosie étoit pour

---

(1) Odyssée, liv. IV, vers 445.

(2) Théocrite, idylle XVII, vers 28. Lucrece, liv. XI,
vers 487.

(3) Iliade, liv. XVI, vers 680.

(4) Ibid.

les hommes un élixir d'immortalité; elle la leur
communiquoit. Nous en avons des garants incontestables dans les archives de la mythologie, et dans
le témoignage des poëtes. O Vénus, s'écrie Théocrite (1);

Souveraine des cœurs aimable déité,
Du ciseau d'Atropos tu sauvas Bérénice (2);
Et dans son jeune sein ta puissance propice
Fit couler l'ambrosie et l'immortalité.

Tantale et son fils Pélops avoient eu pareillement
le bonheur de devenir immortels en mangeant de
l'ambrosie; mais l'immortalité leur tourna la tête;
ils abuserent du privilége. Les dieux les chasserent
du ciel, et les renvoyerent mourir sur la terre,
comme le reste des hommes. Plusieurs poëtes ont
raconté différemment cette aventure. Il est inutile
de vous entretenir du festin de Tantale, et de l'é-
paule d'ivoire de Pélops. Vous aimerez mieux écouter Pindare, qui traite cette histoire de conte à
dormir debout, et qui emploie la moitié d'une de
ses plus belles odes (3) à réhabiliter la mémoire de
ces deux princes. Je sais que des beaux-esprits modernes vous ont prévenue contre Pindare. Perrault,
qui n'entendoit que médiocrement les traductions
latines des auteurs grecs, a décidé que celui-là n'a-

_____

(1) Idylle XV, vers 106.
(2) Bérénice, femme de Ptolomée, surnommé Soter,
et mere de Ptolomée Philadelphe.
(3) Olymp. I.

voit pas le sens commun. Je vous crois cependant
réconciliée avec Pindare, si vous avez lu, dans les
Mémoires de l'Académie des belles-lettres, les traductions françoises de quelques unes de ses odes
par l'abbé Massieu. Quel dommage que nous n'ayons
pas de la même main une traduction entiere de ce
poëte! Voici le morceau qui regarde Tantale et
Pélops. Horace (1) trouvoit qu'il étoit périlleux
d'imiter Pindare; il est bien plus dangereux de le
traduire en vers. Si j'y ai réussi dans cet endroit,
le desir de vous plaire m'aura servi d'enthousiasme.

Le merveilleux nous frappe, aveugles que nous
      sommes.
Le faux plus que le vrai triomphe chez les hommes,
Et remplit tous les cœurs de ses illusions;
Le doux charme des vers donne du corps aux fables,
    Et change en faits croyables
    De vaines fictions.

Mais de la vérité vengeurs incorruptibles,
Les ans percent enfin les nuages visibles
Dont la main du mensonge avoit su la voiler.
Si nous parlons des dieux, qu'un respect salutaire
    Rende moins téméraire
    L'audace d'en parler.

Dans mes chants immortels, consacrés à leur gloire,
Détruisons de Pélops la fabuleuse histoire;
De Tantale, ô mortels, apprenez le destin:

_____

(1) Liv. IV, ode 2.

Convive de l'Olympe, il osa sur la terre,
  Au maître du tonnerre,
    Présenter un festin.

Tous les dieux invités assistoient à la fête;
Neptune, heureux Pélops, dont tu fis la conquête,
Aux célestes palais t'enleva sur son char;
Ce dieu, fier de son rang, pour imiter son frere (1),
  Voulut qu'une main chere
    Lui versât le nectar.

Par ta mere envoyés, de fidelés ministres
Te cherchoient vainement, quand des rumeurs
  sinistres
Obscurcirent ton sort d'un opprobre odieux;
On disoit que tes chairs, dans un mets détestable,
  Avoient souillé la table
    Où s'assirent les dieux.

Loin de moi l'imposture et cette fable impie.
Le blasphême est horrible, et tôt ou tard s'expie:
Tantale chez les dieux s'assit avec honneur;
Il vit de leurs bienfaits sa famille comblée;
  Mais son ame aveuglée
    Plia sous son bonheur.

---

(1) Suivant la fable, purement fable, Jupiter, sous
la figure d'un aigle, enleva Ganymede, fils de Tros, roi
de Troie; mais suivant la mythologie expliquée par
l'histoire, ce jeune prince fut fait prisonnier par Tantale, roi de Lydie, qui passoit pour être le fils de Jupiter, et portoit lui-même le surnom de Jupiter; il fit servir son prisonnier d'échanson; ce qui a donné lieu à
l'enlèvement de ce prince par Jupiter. (Mythol. expliquée par l'Hist. tom. III, liv. V, ch. 2.)

Le poids l'en accabloit ; et son orgueil volage
Attira sur ce roi ce terrible assemblage
De supplices divers, fruit du courroux divin :
Ce rocher suspendu sur sa tête insolente,
    Et que sa main tremblante
    Chasse et repousse en vain.

Sa fraude le plongea dans ces tourments funestes.
Hardi profanateur des aliments célestes,
Il donnoit aux humains, contre les lois du sort,
Le nectar précieux, la plus pure ambrosie,
    Ces deux sources de vie
    Qui bannissent la mort.

Dieu voit tout. Rien n'échappe à son regard sévere.
Le fils enveloppé dans les malheurs du pere,
Des régions du ciel descendit pour toujours ;
Les besoins d'ici bas de nouveau l'assaillirent,
    Et les Parques reprirent
    Le fuseau de ses jours.

L'ambrosie ne réussit pas aussi bien à Titon que
l'Aurore s'en étoit flattée. En le rendant immortel,
elle ne put lui conserver les agréments et la vigueur
de la jeunesse. Il devint vieux. La déesse espéroit
que la nourriture céleste entretiendroit dans le corps
de son époux, comme dans celui des autres dieux,
une force et une fraîcheur inaltérables.

A son amant, qu'un arrêt des Destins
Avoit admis dans la cour immortelle,
La jeune Aurore, aussi tendre que belle,
Avec transport, préparoit de ses mains,
Les fruits du ciel, les aliments divins,
Plus doux encor savourés avec elle.

C'étoit toujours quelque nouveau biscuit,
En se couchant, pour bien passer la nuit;
Au point du jour, puis dans la matinée,
Puis à midi, puis dans l'après-dînée :
Pour le souper, c'est le repas des dieux;
Et c'est alors que de l'apothéose
Nos deux époux fêtoient l'instant joyeux,
Que du nectar ils redoubloient la dose.
Que de plaisirs! que d'instants précieux!
Le nouveau dieu qui sent croître sa joie,
Ivre d'amour, dans le nectar se noie :
Il en but tant, de ce céleste jus,
Il en but tant, de la main de sa femme,
Qu'il en devint asthmatique et perclus;
Vieux, haletant, et prêt à rendre l'ame.
On appela les plus grands médecins
De l'Empirée; on y joignit encore
Ceux d'ici-bas; leurs efforts furent vains.
Dans ce malheur, que fit la triste Aurore?
L'Hymen restoit, mais l'Amour s'envola.
Avec Céphale elle se consola;
Aimant bien mieux un mortel plein de vie,
Mangeant du pain, buvant de bon vin grec,
Qu'un dieu caduque, un immortel tout sec,
Réduit pour vivre au syrop d'ambrosie.

Celle que l'Aurore donnoit si libéralement à Titon
n'étoit pas sans doute de la meilleure qualité ; car il
y en avoit de plusieurs sortes. L'ambrosie des dieux
de la premiere classe l'emportoit de beaucoup sur
l'ambrosie que l'on distribuoit aux divinités sublu-
naires, et particulièrement aux nymphes des fleuves
et des bois, qui tenoient un milieu entre les immortels et les hommes. Suivant Homere, « elles
« n'étoient ni mortelles ni immortelles. Leur vie

I I.

« étoit extrêmement longue ; elles se nourrissoient
« d'ambrosie » (1). Plutarque nous dit dans le Traité
sur la cessation des oracles, que la durée ordinaire
de la vie de ces déités inférieures n'alloit pas au-
dela de neuf mille six cent vingt ans.

Nous pouvons juger par là, madame, de la vertu
du nectar et de l'ambrosie, pourvu néanmoins
qu'on n'en détruisît pas les effets par le régime de
Titon. Vous croirez sans peine que nos baumes les
plus vantés, que nos remedes les plus spécifiques,
n'approchent pas de cet élixir miraculeux. Il réta-
blissoit les forces, rendoit la santé, guérissoit les
blessures. Jupiter, alarmé pour les jours d'Achille,
et craignant que ce Héros, qui, depuis la mort de
Patrocle, avoit été plusieurs jours sans manger, ne
mourût enfin d'inanition, ordonna à Minerve de
lui verser dans l'estomac quelques gouttes de nectar (2). Vénus guérit promptement Enée qui venoit
d'être blessé, en répandant sur sa plaie du suc d'ambrosie (3). Dans une autre occasion, Jupiter se
servit de nectar pour endormir doucement Hercule (4). Je m'imagine qu'un sommeil procuré par
le nectar devoit produire de beaux rêves.

Cette nourriture et cette boisson divines, l'ambrosie et le nectar, étoient nécessaires aux dieux
mêmes. Ils n'en pouvoient supporter la privation

---

(1) Hymn. in Ven. vers. 259.
(2) Iliade, liv. XIX, vers 353.
(3) Enéide, liv. XII, vers 419.
(4) Argon. lib. IV, vers. 15.

sans dépérir visiblement. L'aventure de Mars en est
la preuve. Ce dieu, le fléau des hommes, la terreur
des dieux, fut assommé, comme l'on sait, par les
deux fils d'Aloée, qui le chargerent de fers, le mirent dans une prison de bronze, et l'y retinrent
pendant treize mois. Ses geoliers le nourrirent fort
mal. Pas une goutte de nectar, pas un morceau
d'ambrosie. Le germe incorruptible et fécond de
l'immortalité suffit à peine pour l'empêcher de
mourir.

On le trouva sans voix, desséché, pâle, blême (1),
Quand le fils de Maïa, par un ordre suprême,
De sa captivité brisa le joug cruel,
Et tira du cachot le squelette immortel.

La même chose arrivoit à tous les dieux que Jupiter condamnoit à la prison, pour avoir juré mal
à propos par le Styx. Hésiode est entré là-dessus
dans un assez grand détail, et vous ne serez peut-
être pas fâchée de connoître en passant ce morceau
de la théogonie, ouvrage curieux, et qui contient
tous les éléments de la théologie païenne.

Loin du séjour par les dieux habité
Est un désert lugubre et redouté,
Où du soleil jamais l'éclat ne brille :
De l'Océan la vieille et sombre fille
Coule en ce lieu sa triste éternité.
De noirs rochers lui forment un asile
Près du Tartare et de ses noirs marais ;

_____

(1) Iliade, liv. V, vers 591.

Et d'argent brut un vaste péristyle
Regne à l'entour et couvre son palais.
Là, du sommet d'un roc inaccessible,
Tombe une eau froide, aux dieux mêmes terrible,
Qui va se perdre au sein de l'Achéron ;
De la déesse elle porte le nom :
C'est l'eau du Styx. Quand de la cour céleste
Quelques débats troublent l'heureuse paix,
Que l'on dispute, ou qu'on est en procès,
Faut-il jurer ? c'est le Styx qu'on atteste.
A ce seul mot, le monarque immortel
Dépêche Iris vers la source infernale ;
Elle y descend, remplit de l'eau fatale
Un vase d'or, et le rapporte au ciel.
Malheur au dieu qui fera sur ce gage
Un faux serment ! L'auguste aréopage
Ne fait point grace, et de l'arrêt rendu
Voici la forme. On lui défend l'usage
De l'ambrosie et du divin breuvage :
A demi mort, sans souffle et morfondu,
Dans un lieu sombre il demeure étendu
Pendant un an ; mais ce premier supplice
N'est pas le seul qu'un dieu menteur subisse :
Neuf ans entiers il erre en ces bas lieux,
Loin du sénat et du banquet des dieux.
Après ce temps, Jupiter le rappelle :
Il reparoît ; et la troupe éternelle
Fête à l'envi son retour dans les cieux.

La privation du nectar étoit une rude pénitence.
Les dieux étoient tellement accoutumés à cette liqueur, qu'ils ne pouvoient s'en passer. Ils en prenoient par nécessité, par goût, par habitude, par
contenance, comme on prend du chocolat en Italie,
et du thé en Hollande. Il ne se tenoit point d'assem-

blée dans l'Olympe, qu'on ne servît d'abord du nectar. Ni poëte, ni peintre n'oseroit représenter le sénat des dieux sans le vase et la coupe d'Hébé. Ils ne délibéroient jamais à jeun. Homere commence ainsi le quatrieme livre de son Iliade : « Cependant « les dieux, dans un palais tout éclatant d'or, te- « noient conseil autour de Jupiter, et l'aimable Hébé « leur versoit du nectar. Tous ces dieux s'invitoient « à boire en se présentant les uns aux autres des cou- « pes d'or, en fixant leurs regards sur les murs de « Troie. »

Calypso, quoique déesse du second ordre, avoit aussi sa provision de nectar et d'ambrosie. Elle en régala dans sa grotte Mercure, ambassadeur de Ju- piter. « Venez, lui dit-elle, que je vous présente « les rafraîchissements qu'exige l'hospitalité ». En même temps elle met devant lui une table, elle la couvre d'ambrosie, et remplit les coupes de nec- tar. Mercure prend de cette nourriture immortelle ; et le repas fini, il déclare à Calypso que le souve- rain des dieux lui ordonne de renvoyer Ulysse (1). La commission n'étoit pas agréable, et Mercure fit sagement d'accepter la collation avant que d'expli- quer le sujet de son voyage.

Apollon étant à la poursuite du troupeau que Mercure lui avoit dérobé, fouilla les lieux les plus cachés du vaste palais de la nymphe Maïa, bâti sur le mont Cyllene, et il trouva trois appartements secrets, remplis d'or et d'argent, de robes de toutes

_____

(1) Odyssée, liv. V.

couleurs, mais sur-tout d'une grande quantité
d'ambrosie et de nectar. (1)

Les dieux en étoient si bien pourvus, qu'ils en
donnoient à leurs chevaux d'attelage. Ces coursiers
impétueux qui traversoient si romptement la terre
et les airs, ne pouvoient entretenir ou réparer leurs
forces que par une nourriture divine. Leur course
étoit presque aussi rapide que la pensée de leurs
maîtres.

« Autant qu'un homme assis aux rivages des mers
« Voit d'un roc élevé d'espace dans les airs,
« Autant des immortels les coursiers intrépides
« En franchissent d'un saut. . . . »

C'est ainsi que M. Despréaux a traduit les vers
d'Homere (2) qui décrivent si magnifiquement et
d'une maniere si sublime, la rapidité des chevaux
de Junon. Pour cette fois, vous n'avez rien perdu à
ne point entendre le grec ; Boileau traducteur est
toujours original.

Au reste, après avoir parlé de Ganymede, qui
étoit l'échanson de Jupiter ; de Pélops, qui le fut
quelque temps de Neptune ; et d'Hébé, qui présentoit le nectar à tous les dieux, je dois vous dire
que des divinités qui n'étoient pas du rang de Neptune et de Jupiter avoient aussi leur échanson particulier. « Tout marquis veut avoir des pages » (3).

---

(1) Hymne à Mercure.
(2) Iliade, liv. V, vers 770.
(3) La Fontaine.

Apollon, par exemple, étoit servi à table (1) par
Thémis. La déesse de la justice donne à boire au
dieu des vers ! Voilà bien de quoi relever l'orgueil
des poëtes.

Vulcain, tout boiteux et tout enfumé qu'il étoit,
remplissoit le même emploi auprès de Junon. On
le rappeloit de sa forge quand on vouloit se mettr
à table. Il quittoit le marteau et les tenailles pour
prendre une serviette, la soucoupe et le gobelet.
C'étoit un esprit facétieux, le bouffon du ciel en
titre d'office, et qui raccommodoit souvent par ses
bons mots Jupiter et Junon, dont les querelles ne
finissoient point. Il s'acquitte à merveille de son
rôle d'échanson et de conciliateur, dans le premier
livre de l'Iliade (2) : « Pour moi, dit-il, je conseille
« à ma mère, quoiqu'elle n'ait pas besoin de mes
« conseils, d'avoir de la complaisance pour Jupiter,
« afin qu'il ne se mette pas en colere, et qu'il ne
« trouble pas notre festin... En finissant ces mots,
« il se leva, et présenta à sa mere une coupe, et lui
« dit : Prenez patience, ma mere, et supportez cou-
« rageusement ce qui vous arrive, quelque douleur
« que vous en ressentiez, de peur que je n'aie la
« douleur de vous voir maltraitée à mes yeux, sans
« que je puisse vous secourir ; car on ne lutte pas
« impunément contre Jupiter, et je n'ai jamais ou-
« blié qu'une fois que je voulus aller à votre secours,

_____

(1) Hymn. in Apoll. vers. 124.

(2) Tout cet endroit est copié de la traduction de madame Dacier.

« il me prit par un pied, et me précipita du sacré par-
« vis. Je roulai tout le jour dans les airs, et, comme
« le soleil se couchoit, je tombai presque sans vie
« dans l'île de Lemnos. Les habitans me releverent
« et m'emporterent. La belle Junon ne put s'empê-
« cher de sourire, et, en souriant, elle prit la coupe
« des mains de son fils, qui présenta ensuite à tous
« les dieux le divin nectar qu'il puisoit dans les
« urnes sacrées. Il s'éleva entre les bienheureux im-
« mortels un rire qui ne finissoit point, de voir
« Vulcain s'empresser à les servir. »

Tout cela me paroît bien comique et bien ridicule. Les brutalités de Jupiter, l'aigreur de Junon,
les propos déplacés de Vulcain, ce rire *inextin-
guible* (1) des dieux, ne sont guere dignes de la majesté du poëme épique. Je suis enchanté dans Horace de la harangue militaire de Teucer, qui n'étoit
d'ailleurs qu'un mortel. « Allons, camarades, dit-
« il (2) à ses compagnons un verre à la main, il ne
« faut désespérer de rien sous la conduite et sous
« les auspices de Teucer. Vous avez souffert coura-
« geusement avec moi de plus grands maux, bu-
« vons aujourd'hui, demain nous nous rembarque-
« rons ». Mais il est absurde qu'un Dieu dise à une
déesse, en lui présentant une rasade de nectar :
« Allons, ma mere, un peu de douceur dans le com-
« merce; ne vous faites pas battre par votre mari;
« prenez patience, soyez raisonnable, et buvez un

(1) Iliade, liv. I, vers 599.
(2) Liv. X, ode 7.

« coup ». Ces sortes de morceaux faisoient dire à
Horace que *le bon Homere sommeille quelquefois.*
Madame Dacier au contraire observe sérieusement
sur cet endroit, que Jupiter ne rit point, que Junon sourit, et que les autres dieux rient de toutes
leurs forces. Ce commentaire n'est-il pas bien con-
vaincant en faveur du texte? Revenons à Vulcain.

Quelques uns ont prétendu qu'il fut à la fin dis-
gracié, privé de sa charge, et chassé du ciel. Ils
assurent aussi que la jeune Hébé subit la même
punition pour avoir fait une chûte indécente. Porphyre, dans ses notes sur Homere, a tâché de concilier là-dessus les différentes opinions, et personne
n'a mieux éclairci que lui cet important point de
critique. Ganymede, selon lui, fut choisi pour verser le nectar à Jupiter; les autres dieux le recevoient
de la main d'Hébé. C'est ce qui a inspiré sans doute
au cavalier Marini l'idée de ces jolis vers : ·

« Che sempre in ogni pranzo, in ogni cena,
« A mensa in cavo e lucido diamante,
« Porge il néttare eterno al gran Tonante.
« Hebe e Vulcan che poco dianzi quivi
« Della gran tazza il ministero havieno,
« Già rifiutati, e del l'ufficio privi,
« Cedono al novo avventurier terrieno.... (1) »

---

(1) Adone cant. 5, ottava 41 et 42. Ganymede, qui
toujours, à tous les repas du matin et du soir, sert au
maître du tonnerre le nectar dans une brillante coupe
de diamant. Hébé et Vulcain, qui avoient, peu de
temps auparavant, l'emploi de présenter la tasse divine,
déja repoussés et privés de leurs fonctions, les cedent
au nouvel aventurier terrestre.

Lucien, dans ses Dialogues des Dieux, attribue à Mercure la fonction de mettre l'ambrosie sur la table de Jupiter; ce qui est conforme à la qualité qu'on lui donne dans une inscription (1) rapportée par plusieurs antiquaires. C'est encore à raison de son ministère que quelques anciens auteurs l'ont appelé Camille, mot étrusque, qui signifie ministre, serviteur des dieux.

Mais Jupiter n'employoit pas seulement les dieux et les hommes à le servir, il vouloit que les oiseaux eussent le même honneur. Nous lisons dans l'Odyssée, que les colombes présentoient le nectar au roi des dieux (2). Alexandre, qui portoit toujours avec lui les œuvres d'Homere, enfermées soigneusement dans une cassette précieuse, demandoit un jour à Aristote, pourquoi il étoit dit dans ce poëte, que des colombes servoient à Jupiter l'ambrosie. Il avoit été frappé de cette circonstance des fictions d'Homere. Le mot employé par l'auteur de l'Odyssée a reçu différentes interprétations, et a servi de

---

(1)

Cœlo æterno

Terræ matri

Mercurio

Menestratori

Sacrum. Posuit

L. Octavivs. L. F.

Verus. Et.

Octavia. Evhodia

Mater.

(Fabrett. de Col. Traj. cap. 8.)

(2) Odyssée, liv. XII, vers 63.

matiere à différents systêmes. Eusthate l'a expliqu
implement par colombes. Athénée a jugé qu'il étoi
plus digne de la majesté de Jupiter que ces prétendues colombes fussent les Pléiades ; M. l'abbé Sallier veut qu'il ait une double signification , celle de
colombes dans le dialecte commun et même attique;
et celle de vieilles femmes dans le dialecte des peuples d'Epire. Pour moi , je donne la préférence à la
signification simple de colombes ; et j'en dirai les
raisons, non pas à vous, madame, que je ne veux
point ennuyer de propos délibéré , mais à ceux qui
prendront la peine de lire la note qui est au bas de
cette page (1). A la place de ces discussions de scho-

---

(1) Je ne puis adopter ni l'interprétation d'Athénée,
quelque sublime qu'elle soit , ni celle de M. l'abbé Sallier, quoique plus naturelle encore que celle d'Athénée,
et d'ailleurs très ingénieuse. Ce dernier, en citant le passage d'Homere dans sa conjecture sur l'oracle de Dodone, tom. V des Mémoires de l'Académie des inscriptions, retranche le mot de *trérónés* , qui détermine
décisivement , selon moi, la véritable signification de
péleiai. En effet, si Homere avoit dit simplement,
péleiai ai t' ambrosién Dii phérousin , en arran-
geant autrement les mots pour la mesure du vers, on
pourroit croire avec Athénée, qu'il auroit voulu dési-
gner les Pléiades , ou avec M. l'abbé Sallier, qu'il étoit
question de vieilles femmes choisies pour prêtresses,
attendu qu'une partie considérable du service des temples étoit de présenter aux dieux les mets qu'ils avoient
eux-mêmes ordonné qu'on leur offrit; mais outre que
péleiai signifie expressément une espece particuliere
de colombe dont la couleur tire sur le noir, du mot

liaste et de commentateur, jetez les yeux sur un
assez joli fragment d'une jeune fille grecque, nom-
mée Mœron, qui faisoit élégamment des vers.

> L'enfant qui devoit un jour
> Dans le ciel régner en maître,
> Au fond d'un obscur séjour
> Croissoit sans oser paroître.
> Aucun dieu n'étoit instruit
> De sa demeure profonde ;
> Les colombes dans la nuit,
> S'élevant du sein de l'onde,
> Apportoient à petit bruit
> L'ambrosie au dieu du monde.
> Un aigle au vol circonspect
> Descendoit d'une colline,
> Et dans sa bouche enfantine
> Déposoit, plein de respect,
> Le nectar, boisson divine
> Qu'il puisoit avec le bec
> Sur une roche voisine.
> Quand, sur les astres porté,
> Jupiter, par violence,
> De Saturne eut hérité,
> Sa juste reconnoissance
> A l'aigle pour récompense
> Donna l'immortalité ;
> Même libéralité
> Pour les colombes légeres

---

velos, *brun*, *noirâtre*, le mot seul de *trérónés* en est
l'explication ; *trérón* veut dire *colombe*, du verbe *treïn*,
trembler, *avoir peur*, car la colombe est le plus timide
de tous les oiseaux ; d'où dérive le composé *polu-
trérón*, *abondant en colombes*.

Qui l'avoient si bien traité ,
Et qu'il créa messageres
De l'hiver et de l'été (1).

A l'égard du motif qu'Homere a eu de placer les
colombes parmi les échansons de Jupiter, on l'attribue à une aventure tout à fait extraordinaire.
L'archevêque Eusthate (2), appuyé d'Alexandre de
Paphos, raconte qu'Homere étant au berceau, on
l'entendit une nuit qui formoit avec sa voix une
espece de ramage, semblable à celui de neuf différents oiseaux, et qu'on le trouva le matin au milieu de neuf petites colombes, avec lesquelles il
badinoit. En mémoire de cet événement, l'auteur
de l'Iliade et de l'Odyssée accorda de sa pleine autorité aux colombes la prérogative inestimable de
présenter l'ambrosie au maître des dieux. Quant à
l'aigle, appelé par excellence l'oiseau de Jupiter, il
semble que le soin du buffet céleste lui étoit particulièrement confié. D'anciennes pierres gravées le
représentent tenant dans ses serres une aiguiere ou
sorte de vase, qui est le symbole de sa charge. Dans
la collection des lampes antiques du cabinet Passéri,
on en voit une (3) où Jupiter, assis, s'appuie de
la main droite sur une *haste pure* (passez-moi cette
expression d'antiquaire), et tient la foudre de la
main gauche; il a devant lui une espece de tabouret

---

(1) Ce fragment est dans le livre onzieme d'Athénée.

(2) Lib. VII, fol. 476, edit. Basil.

(3) Lucernæ fictiles Musei Passerii. Pisauri, 1739
tab. XXXI.

à trois pieds , sur lequel est une pâte ou crême assez
ressemblante aux fromages beurrés que l'on fait aux
environs de Florence dans le mois de mars (1). Au
côté opposé , un aigle paroît garder avec soin un
vase magnifique , posé sur un beau piédestal ; et l'on
peut croire que ce vase est plein de nectar. Nous
devons cette ingénieuse explication à M. Abbati
Oliviéri de Pesaro.

On pourroit former encore des conjectures sur
un Comus , dont on trouve la figure et la description
dans le tome premier de l'Antiquité expliquée (2).
C'est un jeune homme tout nu , dans une attitude
élégante , tenant négligemment de la main droite
une torche inclinée vers la terre , et s'appuyant mol-
lement de la gauche contre une colonne , qui fait
partie d'un édifice dont on ne voit que la porte. Il
a devant lui une autre petite colonne isolée , sur laquelle est un grand vase à deux anses , pareil à ceux
où l'on mettoit anciennement le vin. Ce vase , où
je suppose qu'il y a du nectar, et l'espece de serviette que le jeune homme porte sur son bras gauche , caractérisent parfaitement le maître-d'hôtel des
dieux. Cette figure , qui étoit dans le cabinet Maffei,
a un très grand rapport avec la description que Philostrate fait de Comus , et qui est aussi rapportée
par le pere de Monfaucon (3). Philostrate dépeint
son Comus ivre , dormant debout et pouvant à peine

(1) Antonini , dans l'abrégé du Dictionnaire della
Crusca.
(2) Tom. I , part. 2 , planche 203.
(3) Tom. I , chap. 16 , pag. 328.

se soutenir. Il faut croire qu'ayant l'intendance de
la garde du nectar, il en buvoit pour le moins autant qu'un autre.

Pour l'Amour, qui n'a jamais été ivrogne, il faisoit une dissipation prodigieuse de nectar : à quoi
ne l'employoit-il pas ? Vous en jugerez par un très
joli conte tiré de Nonnus, poëte grec, d'ailleurs
assez médiocre.

Un jour Vénus avoit grondé l'Amour ;
Il disparut. Aussitôt sur ses traces
Court Aglaé, la plus jeune des Graces.
Cieux, terre, mers, il n'est point de séjour
Où de Vénus la fidele courrière
Ne se transporte. Au bout de sa carrière,
Fondant en pleurs et se désespérant,
Au mont Olympe elle aperçoit l'enfant
Qui s'amusoit à verser sur la terre,
Par le goulot d'un vase étroit de verre,
Le pur nectar, et rioit comme un fou,
Quand la liqueur sortoit du petit trou.
Ça, dit l'Amour, veux-tu voir, camarade
(C'étoit l'Hymen qu'il défioit ainsi),
Qui de nous deux l'emporte à ce jeu-ci ?
Oui-dà, répond l'Hymen ; faisons parade
De nos talents ; je suis prêt, et voici,
Du premier mot, mon enjeu : je parie
Ce riche globe, ouvrage d'Uranie.
Moi, dit l'Amour, un collier de Vénus ;
Tiens, le voilà. Les gages convenus
Furent soudain remis sans tricherie
A Ganymède ; et le jeune échanson,
Juge des coups, s'assit sur le gazon.
On apporta sur un banc de verdure,
Un bassin d'or artistement bombé,

Qui supportoit un image d'Hébé :
Chacun s'apprête, et voici la gageure.
Tous deux armés d'un flacon de nectar,
L'un après l'autre essayant leur souplesse,
Dans un tournoi d'une nouvelle espece,
Sans l'appareil de coursiers ni de char,
Devoient montrer à l'envi leur adresse,
Prendre l'essor, la bouteille à la main,
Planer dans l'air, tourner d'un vol agile,
Puis soutenus par une aile immobile,
De haut en bas verser le lait divin ;
Et la liqueur, du flacon descendue,
Devoit couler le long de la statue,
Droit à ses pieds, au centre du bassin.
Le sort tiré, c'est l'Hymen qui commence ;
Il monte aux cieux, secouant son flacon,
Fait plusieurs tours, ôte enfin le bouchon,
Sans mesurer le but ni la distance ;
(C'est grand hasard quand l'Hymen tire droit.)
Bref, il répand, sans tarder davantage,
Tout son nectar ; inonde, en maladroit,
Le front, la tête, et le dos de l'image,
Et tombe à terre après ce bel exploit.
L'Amour sourit, et dans les airs s'élance,
Tenant tout prêt son flacon qu'il balance ;
D'un œil perçant, à lorgner exercé,
Il vise au but en invoquant sa mere :
Le nectar sort, adroitement versé,
Mouille en glissant, de sa mousse légere,
L'image d'or, et d'un bruit argentin,
Fait retentir le précieux bassin.
L'enfant vainqueur vole vers Idalie,
Et de Vénus rejoint l'aimable cour :
L'Hymen vaincu pleure, tempête, crie ;
Peut-il gagner jouant avec l'Amour ?

Je ne pousserai pas plus loin ces recherches sur l'ambrosie et sur le nectar. Ce n'est pas qu'il n'y eût encore bien des passages à citer, bien de l'érudition à étaler, si l'on vouloit tout dire. La dissertation italienne de notre cher abbé Venuti, qui m'a fourni les matériaux de cette lettre, ne laisse rien à desirer sur cela. Mais son rôle et le mien sont différents. J'entretiens une dame françoise; il instruit des académiciens toscans, successeurs des anciens Pélasges. Quoique vous ayez bien autant d'esprit que toute l'académie de Cortone, vous ne vous piquez pourtant pas, je crois, d'entendre le grec et le latin, ni de déchiffrer les inscriptions étrusques. Je supprime donc une infinité de traits qui n'enchériroient pas sur les morceaux agréables que j'ai choisis pour vous amuser, et dont tout autre que moi auroit tiré sans doute un meilleur parti. Vous connoissez à présent l'origine, les propriétés, la différence du nectar et de l'ambrosie; vous savez que cette liqueur et cet aliment célestes ont été pour tous les poëtes, bons ou mauvais, de l'antiquité, une source intarissable de fictions, d'images, de comparaisons et de pensées. De ce lieu commun et sans cesse rebattu, naissoient des idées neuves, riantes, voluptueuses. Quoi de plus doux, de plus savoureux, si j'ose m'exprimer ainsi, que cet endroit d'Horace où il peint avec tant de passion les baisers de sa maîtresse, « ces baisers remplis du pur « nectar de Vénus! » (1)

_____

(1) Liv. I, ode 13.

Les médecins mêmes ont honoré certains remedes du nom d'ambrosie et de nectar. Au rapport de Galien (1), de jeunes médecins appeloient antidote d'ambrosie, une composition qui avoit à peu près la même vertu que la thériaque, et qui dissipoit les abcès intérieurs. On donna le même nom à l'antidote que Zopire fit pour le roi Ptolomée, et dont Celse nous a conservé la recette (2). Pline et Dioscoride parlent d'une infusion d'herbes appelée vin de nectar. L'Histoire naturelle a aussi prodigué les noms de nectar et d'ambrosie à des plantes, à des arbustes et à des fleurs. (3)

Enfin, madame, le sublime Milton, ce poëte que les Anglois comparent à Homere et à Virgile, nourrit d'ambrosie et de nectar les anges, les chérubins, les séraphins, les puissances, les dominations et toute la milice céleste. Vous remarquerez en passant, qu'il suppose, comme Homere, que l'ambrosie est un aliment solide, et le nectar un breuvage. Selon lui, les arbres du ciel sont chargés de fruit d'ambrosie, et les ceps de vigne distillent le nectar. Vous vous rappelez l'apparition de Raphaël à notre premier pere, le repas champêtre que l'homme présente au messager de Dieu, et la conversation qu'ils ont ensemble. Voici à peu près

---

(1) Liv. VIII, Méthod.
(2) Liv. XIV, Méthod.
(3) L'ambrosie maritime de Tournefort. Inst. R. 950.

les idées et les expressions du poëte anglois. O céleste étranger ! (c'est Adam qui parle)

O céleste étranger ! voudras-tu dans ce lieu
Goûter ces fruits naissants, bienfaits de notre Dieu !
Ce Dieu, source de bien, libéral sans mesure,
Les fit pour mon plaisir et pour ma nourriture.
Peut-être qu'en effet, aliment d'un mortel,
Ces fruits ne flattent point un être incorporel.
Je le crois, mais je sais que, de l'amour d'un pere,
Ce que Dieu donne à tous porte le caractère.....
Il est vrai, reprit l'ange, et les cieux sont témoins
Que toute créature éprouve des besoins.....
Dans nos jardins sacrés, sur nos arbres de vie,
Dieu fait fleurir pour nous l'immortelle ambrosie,
Pour nous le nectar coule en ces lieux enchanteurs :
En gouttes de rosée il tombe sur nos fleurs.
Mais j'admire ici-bas tant de beautés nouvelles
Qu'enfantent du Seigneur les bontés paternelles :
Ce sont de nouveaux cieux qu'il a créés pour toi ;
Ne crois pas que leurs fruits soient indignes de moi.

Apres ces compliments réciproques, l'ange et
Adam se mirent à table ; Eve les servoit, les invi-
toit à goûter tour à tour des fruits, des amandes
pilées, des crèmes de différente espece, et couron-
noit souvent leurs coupes des liqueurs agréables
qu'elle-même avoit préparées. Dans la conversation
qui suivit ce repas, Raphaël, en instruisant Adam
de toutes les circonstances de la fête solennelle qui
fut célébrée dans le ciel après que Dieu eut pro-
clamé son fils unique en présence de toutes les
hiérarchies célestes, n'oublie point le festin gé-

néral des anges. « Les tables furent dressées.... ; et,
« semblable aux rubis, le nectar, fruit des vignes dé-
« licieuses que porte le ciel, coula dans des coupes
« d'or, de perles et de diamants. »

Milton, rempli des idées d'Homere et de Virgile,
s'est servi aussi avantageusement qu'eux de l'ambrosie et du nectar. Dieu parle, et une odeur d'ambrosie se répand dans tout le ciel. Les anges sentent le nectar. Il n'y a pas jusqu'au roi des diables,
Satan, qui, dans le songe où il tente pour la premiere fois Eve, ne se montre à elle tout parfumé.
« Ses cheveux couverts de rosée distilloient l'am-
« brosie ». Pour l'arbre de vie, cet ornement inestimable du Paradis terrestre, ses fruits, qui donnoient
l'immortalité, n'étoient que de l'ambrosie toute pure.
En un mot l'ambrosie et le nectar paroissent aussi souvent dans le Paradis perdu que dans l'Iliade et dans
l'Enéide. On peut dire en effet que les poëtes n'ont
point imaginé de fiction plus flatteuse, plus féconde, ni plus variée que celle-là.

> Mais qui nous rendra la recette
> De ces élixirs bienfaisants
> Qui faisoient vivre neuf mille ans
> Tant de Nymphes d'humeur coquette,
> Et tant de Faunes leurs galants!
> Qui m'ouvrira de l'ambrosie
> Les magasins délicieux,
> Pour pouvoir à ma fantaisie
> Augmenter vos jours précieux,
> De neuf ou dix siecles de vie ?

FIN DE L'ESSAI SUR LE NECTAR ET SUR L'AMBROSIE.

SUR LE THÉÂTRE GREC. [1]

Les Grecs sont les inventeurs de la tragédie comme de l'épopée. Les spectacles informes des Chinois, ceux que les Espagnols trouverent chez les Péruviens, prouvent, il est vrai, que ces peuples ont imaginé des représentations théâtrales; mais par rapport à toutes les nations civilisées de l'Europe, tant anciennes que modernes, l'invention de l'art est due exclusivement aux Grecs. Ce sont eux qui ont déterminé le genre et la forme des poëmes tragiques. Il ont écrit les regles et fourni les modeles. Nous n'avons encore rien de mieux que ce qu'Aristote a composé sur la tragédie. Sophocle et Euripide n'ont pas été surpassés.

Les tragédies grecques ne sont connues dans notre langue que par les extraits qu'en a donnés le P. Brumoi dans un ouvrage estimé. Il en a traduit quelques unes. Mais ce n'étoit point assez pour faire connoître à fond le théâtre des Grecs. Les pieces d'Eschyle, de Sophocle et d'Euripide forment en général un corps admirable de pieces dramatiques,

---

(1) Ce morceau est placé sous le titre d'*avertissement*, en tête de la traduction d'Eschyle.

qui ne mérite pas moins d'être traduit en entier que
l'Iliade et l'Odyssée d'Homere.

Je ne ferai point ici de dissertation sur la tragédie ; ce seroit du temps perdu : Horace et Despréaux
suffisent.

Des vers lumineux qui renferment les principes
immuables du vrai, et qu'on retient par cœur, valent mieux que des volumes entiers qu'on ne lit
point. Je proposerai seulement aujourd'hui quelques réflexions sur les mœurs de la tragédie grecque. C'est une matiere digne, selon moi, de grande
considération.

Je n'entends pas par les mœurs celles dont parle
Aristote dans sa Poétique, et qui appartiennent
uniquement aux regles de l'art. Ce rhéteur philosophe ne traite en cet endroit que des mœurs poéti-
quement bonnes. Dans ce sens, les mœurs sont
bonnes, quand elles conviennent aux personnes en
général, quand elles sont assorties au personnage
particulier, quand elles sont soutenues, soit dans
l'égalité, soit dans l'inégalité de caractere du héros. Les mœurs générales dans une piece sont les
mœurs nationales, les mœurs des Grecs, les mœurs
des Romains, celles d'un peuple civilisé, celles
d'un peuple barbare. On y comprend aussi les
mœurs des différents âges ; celles des jeunes gens,
celles des vieillards. Les mœurs particulieres sont
celles qui forment le caractere distinctif de chaque
personnage, soit historique, soit inventé. Le même
personnage doit réunir en lui les mœurs de sa nation et les siennes propres ; combinaison difficile
qui est le triomphe de l'art. Tout respire les mœurs

romaines dans la tragédie de Sertorius ; mais Sertorius et Pompée ont leur caractere propre et particulier. Enfin les mœurs doivent être soutenues,
c'est-à-dire *toujours d'accord avec elles-mêmes*,
comme l'explique très bien Despréaux, et conserver leurs traits caractéristiques depuis le commencement de l'action jusqu'à la fin (1).

On voit bien que cette bonté des mœurs, très nécessaire pour la bonté poétique de l'ouvrage, peut
se trouver dans des tragédies et dans des comédies
du plus mauvais genre, et sur le théâtre le plus
propre à gâter le cœur. Par exemple, les mœurs en
tant que caracteres, et dans l'idée d'Aristote, seront
quelquefois excellentes dans un opéra.

Je n'ai en vue que la morale du théâtre grec, et je
ne pense point sans étonnement au prodigieux avantage que les païens ont à cet égard sur les chrétiens.
Chez les premiers, la tragédie étoit austere ; l'a-
mour ne s'y montroit que rarement, et n'y parloit
jamais un langage corrupteur. Chez nous autres,
peuples nourris des leçons pures du christianisme,
le théâtre tragique semble n'être fait que pour émouvoir la plus dangereuse des passions. Il n'y a point
en cela d'exception à faire de nation ni d'auteur.
François, Anglois, Espagnols, Italiens, habitants
du Nord, Corneille, Racine, tous se réunissent
pour consacrer à l'amour la muse de la tragédie. Il

_____

(1) Tout ce qui concerne les mœurs ou caracteres est
exprimé avec force et précision dans l'Art poétique
d'Horace.

regne dans les pieces les plus séveres, dans Polyeucte
même. Il se mêle aux affaires d'état, aux conspira-
tions, aux intérêts les plus sacrés, aux événements
les plus terribles. Et c'est ce qui donne à la tragédie
moderne un ton de galanterie, une allure efféminée
qu'on n'a point à reprocher aux tragiques grecs.

Ce vice commun aux chefs-d'œuvre de nos So-
phocles, comme aux drames de nos Pradons, n'est
point diminué par l'élévation des pensées, ni par
l'énergie des vers. Les tragédies les plus théâtrales,
les plus fortement écrites, ne portent pas moins
cette empreinte de mollesse que leur communique
le génie dominant du théâtre, et qui se grave si
aisément dans l'ame des spectateurs. Pour allumer
dans les cœurs les passions qu'on met sur la scene,
des discours éloquents, des traits hardis, une poésie
mâle et le feu de l'expression sont bien plus à re-
douter que des lieux communs, qu'un dialogue tri-
vial, et qu'une versification lâche et sans vigueur.
Ainsi les mœurs de la tragédie françoise, opposées
aux mœurs de la tragédie athénienne, ont un caractere mou, qui se fait jour à travers le pathétique et la terreur dont nos meilleures pieces sont
remplies. C'est que le théâtre a pris les mœurs de
la nation, comme il contribue à son tour à les
amollir et à les énerver.

En effet, il y a toujours de la conformité entre
l'humeur d'un peuple et le genre de ses spectacles.
Où les deux sexes sont galants, frivoles, volup-
tueux, il faut que le théâtre enseigne et respire le
plaisir, qu'il nourrisse les passions, qu'il les rende
intéressantes jusque dans leurs égarements, et qu'il

fasse de l'amour la foiblesse des grands cœurs. La conjuration de Cinna sera échauffée par l'amour d'Emilie. Pauline sera fidele à son époux, mais elle aimera Sévere. César menera de front le renversement de la république, et le concubinage de Cléopâtre. Le vieux Sertorius voudra séduire une jeune femme, éperdument amoureuse de son mari. Voilà les mœurs de la tragédie chez le plus grave et le plus sublime de nos poëtes.

Elles étoient bien différentes sur le théâtre des Grecs. Ils ne croyoient pas que la poésie fût bornée seulement à l'art de plaire ; ils vouloient qu'au moins dans la tragédie elle se proposât aussi d'être utile et instructive : tout ce qui pouvoit avilir l'ame en étoit banni. Des trente-trois tragédies grecques qui nous restent, l'Hippolyte d'Euripide est, à proprement parler, la seule où l'amour agisse. S'il est nommé dans quelques autres, c'est un personnage muet qui ne cause ni trouble ni émotion. On ne l'employoit point pour exciter la terreur ou la pitié. Les auteurs dramatiques mettoient en œuvre d'autres ressorts. Ils n'exposoient sur le théâtre les malheurs et les crimes de l'humanité que pour rendre les hommes plus sages et plus vertueux.

Il est vrai que Solon n'étoit pas entiérement persuadé de l'utilité des tragédies. « Je crains bien, di- « soit-il, que ces fictions poétiques ne passent bien- « tôt dans nos actes et dans nos contrats. » Cette crainte évidemment outrée, étoit ridicule. Il ne l'est pas moins chez Platon de vouloir chasser Homere de sa république, après l'avoir couronné. On se moqueroit d'un poëte qui diroit que les lois sont

13.

mauvaises parcequ'on s'en sert pour intenter de
mauvais procès. Chaque science, chaque profession
a des préjugés exclusifs, qui ne prouvent rien. La
poésie fût le langage des premiers philosophes. Les
législateurs citent quelquefois l'autorité des poëtes.
Dans les Institutes de Justinien, le paragraphe des
donations pour cause de mort est appuyé sur six
vers d'Homere. Philosophie, poésie, législation,
tout cela peut être également utile ou pernicieux
aux hommes, suivant l'usage qu'on en fait.

Le spectacle étoit chez les Athéniens ce qu'il
sera toujours chez toutes les nations de la terre, un
lieu de rendez-vous pour tous les sexes, pour tous
les âges et pour tous les états. Une assemblée de cette
espece qui paroît n'avoir pour objet qu'un divertis-
sement de quelques heures, est au fond une véritable école, et celle où, sans s'en apercevoir, on étu-
-die avec le plus d'application et de progrès. Les
événements s'y représentent au naturel; la doctrine
y est mise en action; l'attention n'est point dis-
traite, le plaisir la soutient; tous les sens sont affectés; l'illusion est entière. On s'accoutume à penser, à sentir comme les personnages qu'on voit et
qu'on entend. Tel est le pouvoir de l'habitude et de
l'exemple. Les hommes font presque aussi souvent
le bien et le mal par imitation que par leur mouvement propre, ou par un choix raisonné. Il est donc
naturel que les mœurs du spectacle deviennent celles du spectateur. Aussi voyons-nous que durant les
beaux jours d'Athenes, qui finirent sous Alexandre, la tragédie ne renfermoit qu'une morale saine
et propre à former des citoyens vertueux, et que le

caractere général des Athéniens étoit l'assemblage de toutes les vertus qu'on leur présentoit sur la scene. Un spectacle qui n'auroit roulé que sur des intrigues d'amour, eût révolté des Miltiade, des Aristide, des Cimon. Ils l'eussent renvoyé aux satrapes de Xerxès.

Les mœurs d'un peuple libre ont de la férocité; mais cette férocité leur est quelquefois salutaire. Elles ne s'amollissent chez les républicains qu'aux approches de l'esclavage. Il y a peu de vertu où il n'y a point de liberté. Les lettres, les arts, s'en ressentent. On les prostitue à la mollesse, au luxe, à la volupté, au lieu de les faire servir au triomphe de la tempérance et de la vertu. Que l'humanité est foible et misérable, que les hommes sont petits dans nos tragédies modernes! Qu'ils sont grands dans celles des Grecs! C'est bien là qu'ils ont quinze pieds, comme dans Homere, pour me servir d'une expression heureuse du célebre Bouchardon (1). C'est là que nous retroûvons les idées primitives de tous nos devoirs envers la Divinité, envers nos semblables, envers nous-mêmes; idées que la nature a gravées dans le cœur de l'homme, et qu'une bonne éducation y développe avec succès. La morale du théâtre athénien se rapportoit uniquement à ces principes fondamentaux de la société. Le respect des dieux, l'observance des pratiques de religion, l'amour de la patrie porté jusqu'à l'héroïsme,

_____

(1) Voyez l'avertissement qui est à la tête des tableaux tirés de l'Enéide, par M. le comte de Caylus.

l'exercice de l'hospitalité, l'horreur de l'adultere,
la fidélité conjugale, la tendresse mutuelle des peres et des enfants, la pitié pour les malheureux,
tout le droit naturel et divin, tel que le pouvoient
connoître des païens, dont la raison étoit obscur-
cie par mille erreurs ; c'est ce qui constituoit les
mœurs de la tragédie grecque.

Le cœur n'avoit rien à craindre à la représentation de pieces composées par des philosophes, ou
par des hommes d'état. Eschyle, disciple de Pythagore, et guerrier, combattit aux batailles de Marathon, de Salamine et de Platée. Sophocle eut des
emplois considérables de magistrature, et fut asso-
cié à Périclès dans la conduite de la guerre contre
les Lacédémoniens. Euripide, éleve de Socrate, fit
avec Platon le voyage d'Egypte pour y voir les sages
et les prêtres du pays. On l'appeloit le Philosophe,
surnom bien glorieux pour un poëte, quand il est
mérité. Les magistrats mêmes de l'aréopage pouvoient faire des tragédies ; mais une loi expresse
leur défendoit de composer des comédies.

De tels écrivains devoient avoir une idée bien
grande et bien noble du poëme tragique. On ne sera
pas surpris qu'ils en aient écarté ce qu'ils se seroient permis peut-être dans d'autres poésies. En
qualité de poëtes tragiques, ils étoient en quelque
façon les précepteurs des jeunes gens de l'un et de
l'autre sexe qui fréquentoient le théâtre. Comme les
spectacles influoient sur l'éducation de la jeunesse,
on vouloit que le plaisir même et l'amusement lui
fussent utiles ; et pour y parvenir il falloit que les
mœurs de la tragédie fussent un enseignement per-

pétuel de tous les devoirs, sans mélange de passions funestes à l'innocence et à l'honneur. Les auteurs tragiques ne pouvoient être trop séveres ni trop scrupuleux sur ce point.

Mais ce n'est pas en cela que nous les avons imités. Les mœurs de nos tragédies sont molles. Nous donnons à Melpomene la ceinture de Vénus. Sujets, incidents, épisodes, tout dans nos pieces n'est qu'amour. La terreur et la pitié ne sont employées que pour le servir ou pour le venger. En un mot, l'amour est le dieu de nos tragédies.

Pour les justifier de ce défaut, nous disons que les foiblesses y sont combattues par les remords, condamnées par la raison, vaincues par l'honneur, punies par l'événement; que le contre-poison marche à côté du venin, et que la vertu triomphe toujours. Mais ce raisonnement n'est que spécieux. Quels prédicateurs ont jamais canonisé le vice? et combien n'en voit-on pas cependant qui le couvrent de fleurs en croyant l'accabler de foudres, lui ôtent sa difformité, l'embellissent presque, et par des portraits passionnés et des descriptions fleuries, le font rentrer dans des cœurs d'où la parole évangélique devroit l'arracher? Si tel est l'effet de ces instructions trop peu chrétiennes, quel sera celui d'un théâtre où l'on prête à nos foiblesses les attraits séduisants de la poésie et la chaleur de l'action? Avec de pareils remèdes on rend incurable le mal qu'on prétend guérir.

Nous avons cependant d'excellents modeles de tragédies sans amour. Sans parler d'Esther, qui est un très beau poëme, nous pouvons proposer Atha-

lie comme la tragédie la plus parfaite qui ait paru
sur aucun théâtre. Tout y respire la vertu, l'humanité, la justice, la religion. Souverains et sujets,
prêtres, guerriers, ministres d'état, chacun dans sa
condition et dans son emploi peut s'y instruire de
ses devoirs. Ce chef-d'œuvre dramatique est fait sur-
tout pour les princes. On pourroit l'appeler l'Ecole
des rois.

Cette route ouverte par Racine sembloit être
abandonnée. On y est rentré de nos jours, et quelques auteurs s'y sont distingués. C'est un préjugé
favorable pour la scene françoise. Nous avons déja
égalé les anciens dans la forme et dans la régularité
des pieces, dans la science des caracteres et des situations, dans les beautés de génie. Il ne nous restoit plus qu'à ramener dans nos tragédies les mœurs
vertueuses et rigides du théâtre grec.

FIN DU MORCEAU SUR LE THÉATRE GREC.

VIE D'ESCHYLE.

Eschyle naquit à Eleusine, bourg de l'Attique, vers le commencement de la soixantième olympiade, selon quelques écrivains. Les marbres d'Arundel mettent sa naissance sous la dernière année de la soixante-troisieme olympiade, ce qui fait une différence de quinze ans. Son pere se nommoit Euphorion, d'une famille ancienne et illustre. Il embrassa les dogmes de Pythagore, et commença fort jeune à travailler pour le théâtre; car jusqu'alors on n'avoit connu que le chariot ambulant de Thespis.

On raconte que dans son adolescence, et comme il gardoit ses vignes, il crut voir en songe Bacchus qui lui ordonnoit de faire des tragédies. Cette vision prétendue n'étoit que l'impulsion de la nature, qui l'avertissoit de son talent. Il obéit à cette voix secrette, qui ne trompe jamais, fit une tragédie à l'âge de vingt ans, et fut applaudi.

Ce poëte eut pour freres Aminias et Cynégire, qui signalerent leur valeur dans les guerres contre les Perses. Ils concoururent l'un et l'autre avec Sophane, Aristide, et Callimaque, pour les seconds honneurs à Marathon, où Eschyle fut blessé. Après une bataille, les Grecs formoient différentes classes de ceux qui s'étoient le plus distingués dans le combat. Miltiade eut le premier rang à Marathon, Thémistocle à Salamine.

Cynégire ne recueillit pas les palmes décernées à sa valeur. Il mourut à Marathon dans les bras de la victoire. Les ennemis, au lieu de regagner leur camp, avoient fui vers leur flotte, qui étoit à l'ancre au bord de la mer. Le frere d'Eschyle s'étant pris à un vaisseau pour y entrer avec les fuyards, eut la main droite coupée, tomba dans les flots et y périt. Justin ajoute à ce récit des traits gigantesques. Il dit que Cynégire tenant le vaisseau de la main droite, elle lui fut coupée; qu'il le saisit de la main gauche, et que celle-ci ayant eu le même sort, il s'attacha au bois avec les dents, et ne quitta prise qu'en rendant le dernier soupir. Ces circonstances ne sont point dans Hérodote, qui n'eût pas manqué d'en orner son histoire, si elles eussent été connues de son temps.

Au retour de la campagne de Marathon, Eschyle reprit ses occupations poétiques. Il mit au théâtre une tragédie nouvelle, et pour la première fois il remporta le prix. Il étoit âgé de quarante ans. L'année suivante les hostilités recommencèrent entre les Perses et les Grecs. Il se trouva au combat naval de Salamine avec son frere Aminias. Cette bataille mémorable, qui ruina les affaires de Xerxès et rétablit celles de la Grece, a fourni le sujet de la tragédie des Perses. Il est assez singulier qu'un poëte soit à portée de mettre sur la scene des événements où il a eu part.

La guerre ayant continué l'année suivante, Eschyle ne quitta point les armes. Il combattit à Platée sous Aristide, général des Athéniens. C'est la dernière bataille qui se donna en Europe entre les Perses et les Grecs, et ce fut aussi la dernière campagne d'Eschyle. Rien ne le détourna plus de ses travaux pour le théâtre. Il composa successivement quatre tragédies qui furent couronnées sous l'archonte Menon. C'étoient Phinée, les Perses, Glaucus, et Prométhée. (1)

Il jouissoit de l'extrême considération qu'il avoit acquise par son génie et par sa valeur. On l'accuse d'avoir trop aimé le vin. Lucien semble même insinuer que ce poëte étoit un ivrogne. Cet écrivain médisant, accoutumé à voir partout du ridicule ou des vices, dit que Démosthenes n'avoit pas besoin, comme Eschyle, de s'enivrer (2) pour échauffer son imagination. Plutarque, plus équitable et plus sage que Lucien, écrit seulement qu'Eschyle travailloit à ses pieces en buvant quelques coups de vin. Le terme dont il se sert (3) à ce sujet est le même qu'il emploie quatre ou cinq phrases plus haut pour dire qu'il y a de la différence entre boire et s'enivrer (4). Il s'appuie du témoignage de Platon pour justifier l'amour du vin, et les effets avantageux qu'il produit. Ces autorités ne sont pas suspectes. Plutarque

_____

(1) Cette fin d'alinéa, ainsi que les passages ci-après indiqués, a été copiée par La Harpe dans son Cours de Littérature, tome premier, sans citer Pompignan.

(2) Lucien, Eloge de Démosthenes.

(3) Plutarque, des Propos de table, liv. VII, quest. 10.

(4) Ibid.

ni Platon ne prêchent point l'ivrognerie. Il faut
conclure de là qu'Eschyle ne buvoit point avec excès, mais que l'excellent vin ranimoit sa verve; que
c'étoit un homme de bonne compagnie, et qui aimoit la table comme Horace, Chapelle, l'abbé de
Chaulieu. En général les poëtes grecs n'avoient pas
d'aversion pour le vin.

Aristote et Quintilien ont regardé Eschyle comme
le véritable inventeur de la tragédie. Phrynicus et
Chœrile, cités par Suidas, n'étoient que des chan-
sonniers vagabonds, imitateurs de Thespis. « C'est
« Eschyle, dit Aristote, qui a le premier introduit
« deux acteurs sur la scene, où l'on n'en voyoit
« qu'un seul auparavant. » Qu'étoit-ce que des drames où il n'y avoit qu'un personnage ? Quintilien
s'explique plus nettement : « Eschyle est le premier
« qui ait fait des tragédies (1). » Denys d'Halicar-
nasse parle de même. Aucun de ces auteurs n'attribue l'invention du poëme tragique à Thespis. (2)

Cela supposé, il est étonnant que le créateur de
l'art l'ait perfectionné; car, quoiqu'il y ait de grands
défauts dans plusieurs de ses pieces, il en a fait qui
ne le cedent point aux plus belles de Sophocle et
d'Euripide. Quand on compteroit pour quelque
chose les vaudevilles dramatiques en l'honneur de
Bacchus, il y a bien loin de là aux sept Chefs devant Thebes, aux Perses, aux Coëphores. « Qu'on
« fasse attention, c'est un ancien qui parle, qu'il

---

(1) Tragœdias primus in lucem Eschylus protulit.
(2) Alinéa copié mot à mot par La Harpe, *ibid.*

« étoit bien plus difficile avec des modeles tels que
« Phrynicus, Chœrile, et Thespis, d'élever la tragé-
« die à ce degré de magnificence et de grandeur, qu'il
« ne l'a été après Eschyle, de la conduire au point
« de perfection où elle a été portée par Sophocle. »

Je pense avec un Anglois, auteur d'un très bon
ouvrage sur les écrivains classiques (1), qu'il y a
des parties où Eschyle, quoique inventeur, n'a
point été surpassé. Quintilien a parfaitement bien
défini son style : « Il est sublime, grave, et pompeux
« jusqu'à l'enflure. » Nul auteur, au jugement de
S. Basile (2), n'a peint si pathétiquement les désas-
tres et les malheurs. C'est de tous les poëtes le plus
métaphorique et le plus figuré. Mais les figures qu'il
emploie sont quelquefois si forcées, si confuses,
qu'il en devient obscur, et bien souvent inintelligi-
ble. C'est pour cette raison que les Athéniens per-
mirent aux poëtes des siecles suivants de corriger
ses tragédies, ce qui valut à plusieurs d'entre eux
l'honneur d'être couronnés. C'étoient autant de
triomphes pour Eschyle.

L'honneur martiale éclate singulièrement dans
plusieurs de ses pieces, entre autres dans les sept
Chefs devant Thebes, qu'on appeloit l'*Accouchement
de Mars*. La tragédie des Perses porte ce même caractere guerrier. Pour composer des tragédies de

---

(1) Observations on the greek and roman classics, in
a series of Letters. London, 1753, in-12.

(2) Lettre à Martinien. C'est la soixante-quatorzieme
dans l'édition des Bénédictins.

cette espece, il falloit avoir vu des marches, des
camps, des siéges, des batailles, des déroutes; avoir
soi-même combattu, et n'avoir pas jeté son bouclier
en fuyant, comme fit Horace.

Eschyle possédoit tous les talents qu'on peut desirer dans un auteur dramatique. Outre l'élévation
du génie, la beauté des vers, un enthousiasme qui
tient de la fureur, il avoit encore l'esprit fertile en
inventions dans tout ce qui concerne la partie mé-
canique du spectacle, les décorations, les machi-
nes, les habits, et les ballets. Il forma Agatharque,
cet habile décorateur, qui écrivit un traité sur l'architecture scénique. Il imagina pour ses acteurs ces
robes traînantes et majestueuses que les prêtres et
les ministres des autels adopterent ensuite dans les
cérémonies de religion. Par ses soins le théâtre, em-
belli de riches peintures, représenta tous les points
de vue possibles, et les objets les plus intéressants.
On y vit des temples, des sépulcres, des armées de
terre, des débarquements de flottes, des chars vo-
lants, des apparitions, des spectres.

Il enseigna au chœur des danses figurées (1), et des
mouvements animés, dont l'expression muette se-
condoit admirablement l'action théâtrale, et donnoit de nouveaux ressorts à la terreur et à la pitié.
A la premiere représentation de ses Euménides, des
femmes avorterent, des enfants moururent. L'habillement horrible de ces divinités infernales contri-

_____

(1) Phrase copiée par La Harpe, ainsi que la presque
totalité de l'alinéa qui la précede, *ibid.*

bua beaucoup à produire ces effets. Elles parurent pour la premiere fois avec des serpents entrelacés dans leurs cheveux. Cette coiffure hideuse leur a été conservée sur nos théâtres.

On a cru que cette tragédie avoit été cause de l'accusation capitale intentée contre Eschyle devant l'aréopage. Quelques historiens ont écrit qu'on l'avoit déféré à ce tribunal pour avoir suivi dans ses tragédies la théogonie des Egyptiens plutôt que celle des Grecs. Les Athéniens traitoient d'impies ceux qui blâmoient leur croyance et leurs superstitions. C'étoit le crime de Socrate. La condamnation de ce philosophe, mis par S. Justin au rang des chrétiens (1), fut un jugement de l'inquisition païenne.

Saint Clément d'Alexandrie assure qu'Eschyle fut accusé devant les aréopagites d'avoir exposé sur la scene les mysteres de la religion, mais qu'il fut absous, parcequ'on reconnut dans l'instruction du procès qu'il n'étoit point initié, et qu'il avoit parlé des mystères sans les connoître. Aristote rapporte aussi ce même fait.

Il avoit commis cette indiscrétion dans plusieurs tragédies, entre autres dans les Sagittaires, les Pré-

---

(1) Ce passage est très remarquable. S. Justin établit qu'on est chrétien par les actions, par la vie qu'on mene, par l'usage qu'on fait de la raison divine, dont tous les hommes sont participants. «Tels ont été, dit-il, « parmi les Grecs, Socrate, Héraclite, et leurs sembla- « bles; parmi les barbares, Abraham, Ananias, Azarias, « Misaël, Elie, et plusieurs autres». Apologie premiere, édit. de Paris, page 83; édit. de Londres, page 69.

14.

tres, Sisyphe, Iphigénie, OEdipe. Un jour le peuple pensa l'assommer en plein théâtre. Il se réfugia
à l'autel de Bacchus. Les magistrats de l'aréopage se
saisirent de sa personne, déclarant que c'étoit à eux
seuls qu'il appartenoit de prononcer sur son sort.
Ils le jugerent dans les formes, et le renvoyerent absous, en considération de ses services militaires, et
des blessures qu'il avoit reçues à la journée de Marathon. (1)

Selon d'autres, Eschyle fut sauvé des rigueurs de
la justice par son frere Aminias, qui avoit perdu
une main au combat de Salamine. Le poëte venoit
d'être condamné; on le menoit au lieu du supplice.
Aminias accourt, jette le manteau qui l'enveloppoit,
et sans proférer un mot, découvre au peuple son
bras mutilé. Ce geste seul obtint la grace de son
frere. Jamais plaidoyer ne fut si court ni si éloquent.

Eschyle, délivré de ce péril, continua de travailler pour le théâtre. L'écrivain anonyme grec de sa
vie lui donne soixante-dix tragédies et cinq drames
satiriques. Suidas veut qu'il ait composé quatre-
vingt-dix pieces. Le catalogue de leurs titres, re-
cueilli dans la bibliotheque de Fabricius, lui en attribue un bien plus grand nombre. Il ne nous en
reste que sept. Toutes ne furent pas représentées de
son vivant. Après sa mort, son fils Euphorion en fit
jouer quatre, qui remporterent le prix. (2)

---

(1) Alinéa copié presque mot à mot par La Harpe,
ibid.
(2) Encore copié par La Harpe, ibid.

Plutarque nous a conservé l'argument d'une de ces tragédies perdues, intitulée, la Psychostasie. L'idée en étoit prise d'Homère. Eschyle y introduisoit Thétis et l'Aurore, dont l'une vouloit faire pencher pour Achille la balance de Jupiter, et l'autre souhaitoit qu'elle penchât pour Memnon. C'étoit dans l'instant que ces deux guerriers combattoient l'un contre l'autre. On reconnoît là les destins d'Achille et d'Hector, pesés dans la balance de Jupiter. Eschyle avoit puisé bien d'autres sujets dans l'Iliade et dans l'Odyssée. Loin de le dissimuler, il s'en faisoit honneur. « Mes tragédies, disoit-il en plaisantant, ne sont que des reliefs des festins d'Homere. » (1)

Il essuya néanmoins des dégoûts dans sa carriere poétique. Ses pieces ne réussissoient pas toujours. Il étoit vaincu par des adversaires qu'il avoit formés, et qui ne le valoient pas. Enfin Sophocle parut. Le sceptre du théâtre lui étoit réservé, et c'est assurément le premier des poëtes tragiques.

Son début fut de combattre Eschyle. Il se joignit à cet evenement littéraire des circonstances mémorables dont l'histoire nous a transmis le souvenir.

Les ossements de Thésée ayant été portés à Athènes par Cimon, ce fut pour le peuple de cette ville un sujet de fêtes et de jeux. Pour donner plus de célébrité à ces réjouissances, on établit une dispute de poëtes tragiques. Eschyle et Sophocle présenterent chacun des pieces, qui furent jouées avec beau-

---

(2) Fin d'alinéa copiée par La Harpe, *ibid.*

coup de pompe et de soin. Les acteurs se surpasse-
rent. Avant la représentation, l'archonte s'étant
aperçu qu'il y avoit de la brigue et des cabales parmi
les spectateurs, craignoit de confier la décision à
des juges tirés au sort. Dans ce moment, Cimon ar-
riva sur le théâtre avec tous les généraux d'armée.
Ils étoient dix, un de chaque tribu ; ils y venoient
faire des libations, selon l'usage accoutumé. L'archonte les retint, voulut qu'ils décidassent entre
les deux émules, et leur fit prêter le serment ordinaire en pareil cas. Ces guerriers s'assirent, écoute-
rent attentivement les tragédies des deux auteurs,
en discuterent ensemble les beautés et les défauts.
Quels rivaux et quels juges ! On croit voir les Tu-
renne et les Gondé prononcer entre Corneille et Racine. Le jeune Sophocle eut le prix. (1)

Le vieux Eschyle crut, comme de raison, que le
jugement étoit injuste. C'est une consolation de l'a-
mour-propre qu'on ne doit pas chicaner. Mais il
quitta sa patrie, et joignit ainsi la sottise à la foiblesse. Il se retira en Sicile chez Hiéron, roi de Syracuse, dont la cour étoit l'asile de tous les beaux
esprits mécontents.

Il y trouva Simonide, Pindare, Epicharme (2). Hiéron avoit rétabli depuis peu l'ancienne ville d'Etna
ou de Catane, qui subsiste encore aujourd'hui dans
un état assez florissant. Ce prince en avoit fait l'apa-

---

(1) Alinéa copié à peu près en entier par La Harpe,
ibid.

(2) Copié par La Harpe, ainsi que la fin de l'alinéa
précédent, *ibid.*

nage de son fils Dinomene. Il y eut à cette occasion
des cérémonies religieuses et des spectacles publics,
tant pour la consécration de la ville que pour l'in-
stallation du nouveau prince. Pindare la célébra
dans une de ses odes qui est la premiere des pithy-
ques. Les louanges que ce poëte donnoit à ses protecteurs étoient communément accompagnées de vérités utiles et de conseils. Il recommande aux habitants de Catane la fidélité pour leurs maîtres; à
ceux-ci la conservation des priviléges et de la liberté de leurs sujets.

Eschyle se signala comme Pindare envers la ville
d'Etna. Elle fit le sujet d'un de ses poëmes. On en
lit le titre dans le catalogue de ses ouvrages. Hiéron
méritoit à bien des égards ces différents tributs de
reconnoissance. Tout dur qu'il étoit naturellement,
le commerce des gens de lettres lui avoit inspiré des
sentiments de modération et d'humanité. Il aimoit
la philosophie et les vers.

La Sicile devoit être alors le plus agréable séjour
de la terre. Des campagnes riantes; des champs fertiles et cultivés; Syracuse, la plus belle ville de l'u-
nivers; d'autres villes remarquables par leur richesse et par leur situation: un roi protecteur des
sciences et des arts; l'élite des philosophes et des
poëtes qui s'assembloit souvent dans son palais. Il
n'est pas surprenant que tant d'agréments réunis
attirassent de toutes parts les étrangers et les talents.

Hiéron pourvut libéralement à la subsistance et
aux besoins d'Eschyle. Il lui assigna des domaines
sur les bords du Gela, près de la ville qui portoit le
même nom. C'est peut-être dans sa retraite que ce

poëte composa les élégies dont parlent Théophraste et Suidas. Il travailloit en se promenant, et s'arrêtoit pour écrire. Une mort aussi singuliere qu'inopinée le surprit dans cet exercice. Un jour qu'il étoit assis au soleil, et qu'il écrivoit sur ses tablettes (1), un aigle laissa tomber sur sa tête une grosse tortue. Quelque diseur de bonne aventure, ou tireur d'horoscope, lui avoit prédit qu'il mourroit de la chute d'une maison.

Au reste, cet accident ne fut pas fortuit, s'il en faut croire Pline. Ce naturaliste universel, dont les observations ont aujourd'hui plus d'autorité qu'elles n'en avoient autrefois, prétend que « les aigles sont « instruits par leur instinct à jeter de bien haut les « tortues pour en briser les écailles, ce qui causa la « mort au poëte Eschyle (2). » Il étoit chauve. Un aigle prit sa tête blanche et rase pour la pointe d'un roc.

Peu de temps avant sa mort, il avoit lui-même composé sa propre épitaphe, qu'on a faussement attribuée aux citoyens de Gela. Il ne daigne pas y faire mention de ses tragédies. C'est un quatrain où regne la simplicité grecque, et la fierté d'un soldat. En voici la traduction littérale :

« Cy gît Eschyle, fils d'Euphorion. Né dans l'Attique, il est mort dans les campagnes fécondes de

---

(1) Sotades.

(2) Ingenium est ei (aquilæ) testudines captas frangere è sublimi jaciendo ; quæ sors interemit poetam AEschylum. Plin. lib. X, cap. 3.

« Gela. Le bois de Marathon et les Perses rendront
« témoignage à sa valeur. »

Les Siciliens lui éleverent un tombeau dont il ne
reste plus de vestiges, quoique celui d'Epicharme,
son contemporain, se voie encore à Syracuse (1).

Les Athéniens rendirent de grands honneurs à sa
mémoire. Ils la célébroient pendant les fêtes de
Bacchus. Un décret public, et c'est le seul poëte qui
ait eu cette distinction, ordonna que ses poëmes
seroient remis sur la scene. On l'appela le pere de la
tragédie. Les auteurs tragiques l'alloient invoquer
sur son tombeau. Ces enthousiastes déclamoient
leurs pieces autour de ce monument. Ils les consa-
croient à Eschyle. C'étoit alors leur maître; ils se seroient crus ses rivaux s'il eût été encore en vie. Il
avoit soixante ans quand il mourut.

FIN DE LA VIE D'ESCHYLE.

---

(1) Delle antiche Siracuse. Vol. II, pag. 101.

~~~~~~

LETTRE

A LOUIS RACINE,

SUR LE THÉATRE EN GÉNÉRAL, ET SUR LES TRAGÉDIES DE JEAN RACINE EN PARTICULIER.

IL y a bien long-temps, monsieur, que je vous presse de publier vos observations sur les tragédies de votre illustre pere. Les raisons qui vous en ont détourné jusqu'à présent ne m'ont jamais satisfait. Que je serois flatté de les vaincre ! je rendrois service aux lettres, et le public m'en sauroit gré.

Vous avez toujours craint qu'on ne trouvât singulier qu'un fils s'érigeât en commentateur des tragédies de son pere, et de tragédies que ce pere lui-même a condamnées si sévèrement dans les dernieres années de sa vie. Délicatesse d'une part, scrupule de l'autre : voilà de grands obstacles dans l'esprit d'un homme aussi rempli que vous de modestie et de religion.

La premiere difficulté qui vous arrête n'en est pas une, selon moi. On ne blâme pas le fils d'un grand homme d'être le panégyriste de son pere. Pour-

quoi n'en seroit-il pas le commentateur? La réputation du mort décide en cela de la conduite du
vivant. On diroit au fils de Pradon: « Honorez la
mémoire de votre pere; mais oubliez qu'il ait fait
des tragédies. » Au fils de Racine, comme à celui de
Virgile, on leur criera d'une commune voix, surtout
s'ils ont hérité des talents paternels: « Embouchez
« la trompette, et qu'elle retentisse dans vos mains
« des noms glorieux que vous portez ».

C'est un tribut de justice et de piété de donner à
ses proches les louanges qu'ils méritent. Rien n'étoit
si commun chez les Romains que de voir des citoyens
monter dans la tribune pour y faire l'éloge de leurs
peres, de leurs freres, de leurs parents. On vous a
fort approuvé parmi nous d'avoir écrit la vie de
l'auteur immortel de Phedre et de Britannicus. Si
les beaux esprits du siecle y ont repris quelque
chose, c'est le coloris sévere que vous avez employé
dans son portrait. On sait que le fameux Racine fut
tendre et galant dans sa jeunesse; qu'il étoit d'une
belle figure, charmant dans la société, éloquent et
agréable dans la conversation. Les femmes du monde,
les jeunes gens, voudroient qu'il n'eût jamais été
que cela. Ils ont été effrayés de son renoncement au
théâtre dans la fleur de son âge, de sa vie sérieuse
et retirée depuis cette époque, de son application à
ses devoirs domestiques, de sa tendresse bourgeoise
pour sa femme et pour ses enfants; de son insensibilité pour les succès, et pour ses propres ouvrages
qu'il avoit presque oubliés; en un mot, du spectacle édifiant de sa philosophie chrétienne.

Il y a dans tous ces détails bien de la probité, bien

de la vertu, mais point assez de galanterie, et
trop peu de foiblesses. Nous voulons que dans nos
livres, comme dans nos mœurs, tout respire le plaisir et la volupté. Le petit clergé de votre famille
conduit en procession de chambre en chambre par
l'auteur d'Athalie, qui portoit la croix, nous rappelle cette simplicité antique tant célébrée par Plutarque, ces naïvetés de la nature, si je puis m'exprimer ainsi, et les badinages de l'amour paternel.
J'ai vu bien des gens enchantés de ce trait, et d'une
infinité d'autres. Mais il n'y a point là de ce genre
d'intérêt, de ces situations singulieres qui caractérisent les productions de notre siecle, et qui trans-
portent de joie la plupart des lecteurs. Quoi qu'il en
soit du goût présent que j'estime ce qu'il vaut, en
attendant le jugement de la postérité, on a trouvé
très convenable que vous fussiez l'historien de votre
pere. On ne vous louera pas moins, j'ose en répondre,
de vouloir être son commentateur. Il n'est personne
qui ne respecte la tendresse filiale, et n'en reconnoisse les droits.

Je crois donc, monsieur, que vous vous rendrez
sans peine sur ce point. L'autre, je l'avoue, se présente d'abord sous un aspect moins favorable. L'auteur de nos plus parfaites tragédies a paru se repentir d'avoir travaillé pour le théâtre. Le fils qui,
quoique homme de lettres et poëte lui-même, a toujours condamné les spectacles, s'occupera-t-il à
commenter des ouvrages que son pere s'est reproché
d'avoir faits ? et la question sera-t-elle décidée par
un homme qui, dans les loisirs et la dissipation de
sa premiere jeunesse, a produit sur la scene un de

ses essais, qu'on y revoit encore? N'importe: je dirai librement ce que je pense. Si ma morale n'est pas assez austère au gré de certains théologiens, je suis sûr qu'elle n'en sera pas plus goûtée pour cela des partisans de la comédie. Au surplus, s'il m'échappe quelque chose de contraire à la saine doctrine, je le condamne d'avance, et le rétracte de toute la sincérité de mon cœur.

Je pense en premier lieu qu'il y a une très grande différence entre composer des tragédies, et les faire représenter par des acteurs gagés et publics. Je suppose que ces pieces dramatiques nous enseignent à détester le vice, à fuir le crime, à nous défier de nos foiblesses, à craindre nos passions, à les sacrifier au devoir; qu'elles nous excitent aux vertus les plus sublimes, aux actions les plus héroïques: dira-t-on que l'auteur de pareils ouvrages s'en doive accuser comme de péchés capitaux? Il en faudroit dire autant de tout poëte qui composeroit des odes, des épîtres, un poëme épique; de tout homme qui écriroit des histoires, qui feroit des pieces d'éloquence, des dissertations littéraires, des traductions; ce qui seroit absurde, et n'entrera sans doute dans l'esprit de qui que ce soit. Le pape Urbain VIII, par exemple, a fait de belles poésies latines. Personne, que je sache, ne s'est avisé de l'en blâmer, ni comme prêtre, ni comme cardinal, ni comme souverain pontife. Que ces mêmes poésies fussent des tragédies, seroient-elles, par ce seul endroit, plus contraires à la morale chrétienne, moins innocentes aux yeux de la religion?

Que l'on mette un fait en action entre plusieurs

interlocuteurs, ou qu'on le raconte dans un poëme,
ou qu'on le célebre dans des vers lyriques, je ne
saurois concevoir que de ces trois manieres l'une
soit condamnable, et les deux autres permises. Des
religieux respectables par leur piété ont souvent fait
des tragédies, et en font encore tous les jours du
consentement de leurs supérieurs. On les représente
dans leurs colléges. S'il s'y est quelquefois glissé
des abus, (et où ne s'en glisse-t-il pas?) est-ce la
faute du genre ? est-ce le crime du spectacle ? l'Eglise,
les souverains pontifes, les évêques, souffriroient-
ils dans des maisons religieuses ces sortes de représentations s'ils les croyoient nuisibles aux bonnes
mœurs, surtout si la religion les proscrivoit ? La
tolérance en pareil cas seroit prévarication. Je me
garderai bien d'en accuser, d'en soupçonner même
les premiers pasteurs, ni leur chef.

Je conclus de là, monsieur, que la composition,
ni la représentation d'une tragédie n'ont rien eu
soi de vicieux, ni qui puisse causer les regrets de
l'auteur, ou des acteurs, et que tout le mal, qui est
très grand quand il y en a, consiste dans l'espece
de la tragédie, dans la qualité des acteurs, et dans
le lieu de la représentation.

Je commencerai par ces deux derniers objets.
L'autre me ramenera naturellement aux tragédies de
Racine, à l'occasion desquelles j'ai bien des ré-
flexions à vous proposer.

On s'efforce depuis long-temps de réduire en problême théologique cette question : Si c'est un péché
d'aller à la comédie. On ne manque pas d'appuyer la
négative de toutes les distinctions possibles, de

toutes les conditions capables de rassurer. On exige
qu'il n'y ait rien de déshonnête, ni de criminel dans
la pièce : que celui qui va au spectacle n'y apporte
point de penchant au vice, ni une ame facile à émouvoir ; qu'il y soit maître de son cœur, de ses pensées, de ses regards ; que rien de ce qu'il entend,
que rien de ce qu'il voit, ne soit pour lui une occasion de chute, ni de tentation. Cette théorie est certainement admirable. Qui me répondra de la pratique ? Sera-ce notre casuiste ? Qu'il aille plutôt à
la comédie : au retour je m'en rapporte à lui.

On pourroit entrer plus avant dans cette discus-
sion, quoiqu'après tout, les raisonnements les plus
longs n'aboutiroient guere qu'à ce que je viens
d'observer, soit sur le danger des spectacles en suivant l'avis de ceux qui les condamnent, soit sur les
précautions qui peuvent garantir de ce danger, en
préférant l'opinion contraire. Mais je rapporterai à
ce sujet une anecdote intéressante que tout le monde
ne sait pas, et qui mérite d'être connue. On agitoit
un jour devant Louis XIV la question de la comédie. M. Bossuet, évêque de Meaux, entra dans ce
moment chez le roi. Voici le docteur, dit ce Monarque (c'est ainsi qu'il appeloit ordinairement
le prélat), il nous décidera ce point. Et après lui
avoir exposé le fait : Qu'en dites-vous, continua le
prince ? Sire, répliqua M. de Meaux, il y a de
grands exemples pour, mais de fortes raisons contre.

Cette réponse énergique et judicieuse contient en
effet tout ce qu'on sauroit dire de part et d'autre sur
cette question. M. Bossuet reconnoit de bonne foi
que l'affirmative est soutenue de l'autorité des

15.

exemples, et il avoue que ces exemples peuvent
imposer. Il avoit sans doute en vue tant de personnes très religieuses et très réglées dans leurs
mœurs, qui, par docilité, par complaisance, ou par
d'autres motifs innocents, peut-être aussi pour se
distraire, vont de temps en temps à la comédie, et
même à l'Opéra. Mais ce ne sont enfin que des
exemples contre lesquels on peut étaler une foule
de raisons, de principes, de conséquences, de décisions, et généralement tout ce qui concourt à
mettre un point de morale dans le plus grand jour
d'évidence et de vérité. Ainsi la courte réponse de
M. de Meaux est un précis lumineux d'apologie et
de censure, dans lequel on aperçoit ce que l'une a
de foible, et l'autre de concluant. Voilà comme un
homme de génie fait quelquefois un livre en deux
mots.

Les partisans les plus déclarés de la comédie,
j'entends au moins ceux qui ont des mœurs et de la
vertu, ne disconviendront pas que, dans l'état où
sont les choses, le théâtre ne soit encore infiniment
dangereux par bien des endroits, et qu'il n'eût
besoin d'une réforme très sévère. Un professeur, plus
recommandable encore par la sainteté de sa vie
que par la supériorité de ses talents (1), et qui, en
composant toutes les années des tragédies et des comédies pour les exercices accoutumés de sa classe,
soupiroit tous les jours après les missions de la
Chine et des Indes que ses supérieurs n'ont jamais

_____

(1) Le P. Porée.

voulu lui accorder, a écrit que le théâtre pourroit
être une école de vertu; mais il ajoutoit, dans le
même ouvrage, que par notre faute il étoit une
école de vice: et c'est uniquement dans son existence actuelle que je le considere ici.

Que l'on se récrie tant qu'on voudra sur la décence
et sur la noblesse de certaines comédies modernes,
j'estime trop sincèrement ces pieces pour vouloir
attaquer leur réputation, ni diminuer le nombre de
leurs approbateurs. Mais elles ne font qu'une petite
partie de ce qui est véritablement le fond du théâtre. N'y représente-t-on pas tous les jours des comédies très indécentes dans leur intrigue ou dans le
dialogue ? Je ne connois presque point de pieces de
Dancourt ni de Le Grand où il n'y ait des expressions
libres et des allusions obscenes. On en trouve beaucoup dans les comédies de Regnard, et pour comble
d'inconvénient, les meilleures de Moliere n'en sont
pas exemptes.

Cet homme unique dans son genre, et le seul
écrivain peut-être, soit ancien, soit moderne, qui
n'ait point encore eu de supérieur ni de rival, étoit
plus capable qu'un autre de donner au théâtre,
dans la partie du comique, la forme et le ton qu'il
devroit avoir pour être une bonne école. Dignité,
noblesse, esprit philosophique, profondeur de génie,
la nature lui avoit tout prodigué. Aucun mortel
n'aura jamais comme lui le don de faire rire. Il le
possédoit dans un degré de perfection et d'univer-
salité qui étonne. J'ai vu le P. Porée pleurer d'admiration et de douleur, en parlant de Moliere. On
sent bien à quoi l'on doit attribuer dans un reli-

gieux l'union de ces deux sentiments. Cet auteur
étoit comédien; il mourut sur le théâtre. Passons
vîte sur cette affreuse circonstance, qui n'est pas
cependant étrangere à notre objet.

Parmi les pieces de cet homme rare, il y en a qui
blessent directement l'honnêteté publique, et qu'il
faudra bannir du théâtre, quand on pensera sérieusement à le réformer. D'autres pourroient être cor-
rigées par des mains habiles. Dans quelques unes,
en bien petit nombre, il n'y auroit que peu de
phrases, ou de vers à supprimer. Ce qu'on dit des
pieces de Moliere comprend, à plus forte raison,
les comédies autres que les siennes, qui méri-
toient d'être conservées au public.

Un Ecrivain anglais, qui n'est point accusé de trai-
ter trop gravement les choses, étoit moins indul-
gent que nous sur les abus du théâtre. Peu content
de s'élever avec un zele courageux contre la licence
énorme qui déshonoroit de son temps la Scene
angloise, il étend sa séverité scrupuleuse jusqu'aux
plus petits détails. Une plaisanterie trop libre, un
mot indécent le choque. Il voudroit qu'on établît
des censeurs éclairés et vertueux, qui eussent ordre
de retrancher (1) tant des pieces anciennes que des

---

(1) Strike out every offensive passage from plays al-
ready written, as well as those that may be offered to
the stage for the future. By which and otherwise regu-
lations the theatre might become a very innocent and
useful diversion, instead of being the scandal and re-
proach to our relligion and country.

A project for the advancement of relligion and the
reformation of manners by Dr. Swift.

nouvelles, toute grossièreté, toute équivoque, tout endroit capable d'offenser le moins du monde la modestie ou la pudeur.

Ce plan proposé en Angleterre devroit déja s'exécuter en France. Jusque-là il sera vrai de dire que, dans nos spectacles, le bon est trop mêlé, trop confondu avec le mauvais, pour qu'on puisse se reposer sur une jeunesse inconsidérée et bouillante; du soin d'en faire la séparation, et de profiter de l'un sans ressentir l'impression de l'autre. Vous savez l'usage constant où l'on est de représenter une comédie après la tragédie. Une jeune personne est encore tout attendrie de la mort de Polyeucte, tout édifiée de la vertu de Pauline : le théâtre change; on joue l'Ecole des Maris. En est-ce une d'amour conjugal? et cette satire du mariage achevera-t-elle ce que les beaux sentiments de Pauline auront commencé? On vient de représenter Athalie. J'ai vu la maison du Seigneur, le livre de la loi, les cérémonies du sacre des rois de Juda; j'ai la tête remplie de miracles, de prophéties, des grandeurs et de la puissance de Dieu; tout cela m'a pénétré d'une terreur religieuse, et d'un respect profond pour le roi des rois. Les violons jouent: George Dandin paroît, et dans le même lieu où étoit le temple de Jérusalem, je vois le rendez-vous nocturne d'un jeune homme avec une femme mariée, et le pauvre M. Dandin demander ensuite pardon à sa digne moitié des soupçons qu'il a eu l'insolence de former contre elle. Je voudrois savoir si les effets de ces différents contrastes peuvent jamais tourner au profit de la religion et des mœurs.

Il n'est pas étonnant que des acteurs employés
à la représentation d'ouvrages si indécents soient
retranchés de la communion des fideles. Sur
quoi tomberont les censures ecclésiastiques, si ce
n'est pas sur une profession visiblement condamnée
par le christianisme? Avertissons cependant les
comédiens que l'Eglise ne les proscrit pas parcequ'ils représentent des pieces dramatiques en général, mais parcequ'ils en représentent de dangereuses
pour les mœurs; ce qui avilit leur métier aux yeux
des hommes, et le rend criminel aux yeux de la
religion. Que la face des spectacles change, que le
théâtre devienne une école de vertu, la profession
de comédien n'aura plus les caracteres qui la
dégradent. Elle ne sera exposée ni à l'anathème, ni
au mépris.

Il résulte nécessairement de ces faits et de ces
observations, que le spectacle, tel qu'il est encore,
n'étant point à beaucoup près un lieu sûr pour la
sagesse et pour la vertu, et les acteurs de ce spectacle étant toujours dans les liens de l'excommuni-
cation, un auteur élevé dans la morale chrétienne
ne sauroit, sous quelque prétexte que ce soit, ni
par quelque ouvrage que ce puisse être, concourir
au soutien du théâtre, sans se rendre lui-même res-
ponsable des inconvénients et des abus qui y sont
attachés, ni contribuer à l'entretien des acteurs,
sans partager le mal qu'ils causent, et celui qu'ils
font.

Ce n'est point ici une déclamation vague, ni un
zele mal entendu. Si ce que j'ai avancé des pieces
qu'on représente, et du méchant effet qu'elles pro-

duisent, est exactement conforme à la vérité; par
une suite naturelle, les principes que j'ai établis
sont vrais. Il faut donc m'en accorder les conséquences ou renoncer à toute justesse de raisonnement. M. Bossuet a composé un ouvrage exprès sur
cette question. Il la traite en évêque, c'est-à-dire
en docteur et en juge. Tous les petits sophismes que
l'on débite en faveur de la comédie, il les anéantit
sous les armes de sa théologie foudroyante, et sous
le poids de l'autorité épiscopale. Pour moi je ne puis
ni ne dois parler qu'en homme de lettres philosophe et chrétien. Mais j'oserai croire, en cette qualité,
que ce savant prélat se seroit expliqué différemment,
si le théâtre ne lui eût pas paru aussi repréhensible
qu'il l'est en effet dans sa constitution présente.

La réforme n'en seroit pas impossible. Des réglements faits par des théologiens et par des magistrats
unis ensemble pour les concerter, réglements revêtus
de l'autorité du prince, et dont on empêcheroit que
le crédit ni la faveur n'altérassent jamais l'exécution, rempliroient, si je ne me trompe, cet objet
important. Je les réduisois à deux points. A l'égard
des pieces, supprimer totalement celles dont le
fond est vicieux ou impie, car nous en avons de ces
dernieres, soit dans le tragique, soit dans le comique; corriger celles qui ne pechent que dans les
détails, en ôter les expressions libres, grossieres ou
indécentes; n'y rien laisser, en un mot, qui sente le
libertinage du cœur, encore moins celui de l'esprit.
A l'égard des acteurs, n'en point recevoir dont la
conduite et les mœurs ne fussent irréprochables;
les punir sévèrement, les priver même de leur em-

ploi, quelque talent qu'ils eussent, quand ils tom-
beroient dans des désordres scandaleux et publics;
car il est des fautes secretes et cachées qui ne
sont pas du ressort de la police.

Les comédiens sensés approuveront eux-mêmes
un projet de réforme et de réglement qui ne tend qu'à
rendre estimable et honnête devant les hommes, in-
nocente ou du moins tolérable aux yeux de l'Eglise,
une profession qui n'est rien de tout cela. Si, dans
le plan indiqué, on les assujettit à une espece d'en-
quête de vie et de mœurs, formalité bizarre en apparence pour un homme qui doit jouer le rôle de Néron,
ou de M. Tout-à-bas, je réponds qu'on ne sauroit
apporter un trop grand fonds de sagesse et de vertu
dans un état qui sera toujours, quelque épuré qu'on
le suppose, ennemi de la retenue et de la gravité,
environné d'occasions périlleuses, et le centre de la
dissipation.

Mais, monsieur, si l'on venoit à bout de procurer à cette réforme du théâtre et des acteurs, plus
d'étendue, plus de perfection encore que je n'imagine, les casuistes austeres continueroient-ils toujours de proscrire, comme péchés capitaux, et la
composition d'ouvrages pour le spectacle, et l'as-
sistance à leurs représentations? Ces décisions sen-
tiroient bien le rigorisme. Il faudroit, suivant le
même esprit, envelopper dans l'anathême les fêtes
publiques, les concerts, les bals, les festins, et
généralement toutes les assemblées d'amusement et
de plaisir, comme étant, pour les deux sexes qui s'y
trouvent réunis et confondus, une source de relâ-
chement dans les devoirs, de dégoût pour la piété,

de pensées vaines, et trompeuses, et quelquefois de liaisons funestes à l'innocence et à l'honneur. J'avoue qu'une vie intérieure et mortifiée s'accorderoit mal avec ces divertissements mondains. Mais il y a bien des degrés entre la sainteté et le crime, entre la perfection chrétienne et le violement total de toutes les loix du christianisme. On permet à la foiblesse humaine des délassements frivoles, pourvu qu'ils ne soient point criminels, qu'une ame fortifiée dans la pratique exacte de toutes les vertus jugeroit indignes d'elle. Il ne s'agit point, dans la question présente, de projets de récréation pour des religieux de la Trape, ou pour des chartreux, mais d'amusements nécessaires aux gens du monde, qu'on doit tâcher de leur rendre utiles autant qu'on le peut. D'ailleurs ces mêmes choses dont nous parlons, sans en excepter le ronge et la comédie, ont été souvent permises dans plusieurs circonstances, à des personnes très pieuses, par des directeurs incapables de flatter les goûts ni les passions. La complaisance pour des supérieurs ou pour un époux, des occupations forcées, le service attaché à certains emplois, autorise en pareil cas la tolérance de ces guides spirituels, qui comptent de plus sur l'inébranlable fidélité d'une ame solidement chrétienne.

Quand monsieur votre père enchantoit par ses tragédies la cour, la ville, et toute l'Europe, le théâtre étoit, comme il l'est de nos jours, une école toute propre à porter le trouble et le ravage dans de jeunes cœurs. Une image vive et flatteuse de nos foiblesses n'est point le remede qui nous en guérit. Croyons-en saint Augustin qui n'avoit été que trop

LE FRANC. 2. 16

bon connoisseur en cette matiere. « J'aimois, dit-il,
« ces liens cruels où l'on est sans cesse en proie à la
« jalousie, aux soupçons, aux craintes, à la fureur.
« Je me plaisois dans les tableaux séduisants que
j'en trouvois sur le théâtre : » *Rapiebant me spec-*
tacula theatrica, plena imaginibus miseriarum
mearum, et fomitibus ignis mei (1). Un auteur en
qui la fougue de l'âge, l'ivresse du succès, l'illusion
des plaisirs, n'avoient point étouffé les sentiments
de religion et de piété qu'il tenoit de ses premiers
maîtres, a dû sans doute, quand ces mêmes sentiments eurent repris dans son cœur la place qu'ils y
avoient autrefois occupée, témoigner de vifs regrets
d'avoir non seulement travaillé pour le théâtre,
mais d'en avoir augmenté même la séduction et le
danger par quelques unes de ses tragédies. On est
rarement injuste dans sa propre condamnation. Ne
soyons pas plus indulgents pour les pieces de monsieur Racine, qu'il ne l'a été lui-même. Il discer-
noit mieux qu'un autre ce qu'elles pouvoient avoir
de dangereux, comme ouvrages de théâtre. Comme
productions de son esprit, on sait qu'elles lui
étoient devenues sur la fin de ses jours parfaitement
indifférentes. Rien ne prouve tant la bonté de son
caractere et de son cœur que la patience philosophique et chrétienne avec laquelle il supporta l'indécente satire que déclama publiquement dans un
collége, ce jeune régent, membre d'une société
respectable où monsieur Racine avoit d'illustres

----

(1) Confess. lib. III, cap. 2.

amis, malgré les sentiments dont on n'ignoroit pas
qu'il faisoit profession. Cet endroit de vos mémoires
a dû charmer tous les honnêtes gens, et concilier
à ce grand homme autant d'admirateurs de la beauté
de son ame, qu'il y a d'admirateurs de ses tragédies,
et du peu d'écrits en prose qu'il nous a laissés.

Je suis fâché seulement que vous ayez, en quelque sorte, diminué le mérite de sa modération, en
passant sous silence l'étrange problème qui étoit le
sujet de cette déclamation violente et personnelle.
Il est bon d'un côté que les hommes voient dans
leurs semblables les excès où les portent souvent
l'injustice et la passion; et de l'autre, que les écrivains les plus jaloux de leur gloire sachent que les
talents les plus décidés, le génie le plus supérieur,
la réputation la mieux établie, ne sont pas à l'abri
des caprices de l'ignorance, ou du préjugé. Ce problême latin étoit conçu, dit-on, dans ces termes:
Racinius, an christianus, an poëta? Racine est il
poëte ou chrétien? et l'on décidoit qu'il n'étoit ni
l'un ni l'autre: *Nec poëta, nec christianus.* Solution
burlesque, où la charité, cette premiere loi du
christianisme, n'étoit pas moins insultée que le bon
sens.

Je ne lis point sans attendrissement ce qu'il dit à
son fils aîné, pour le consoler d'avance des critiques
qu'il entendra faire de ses tragédies. Sa modestie
vous eût défendu peut-être alors de les commenter,
mais il n'est personne qui ne vous conseillât aujour-
d'hui de désobéir à cet ordre très injuste. Outre
que les ouvrages de cette nature, quelque repentir
qu'ils aient causé à l'auteur p uvent, comme amu-

sements littéraires, occuper le loisir de commenta-
teurs pleins de religion et de piété, vous ne serez
vous-même que trop attentif à relever l'abus qu'il
a fait de ce fonds de tendresse et de sentiment dont
la nature l'avoit doué; à censurer les tragédies où
l'amour domine trop, et celles où il ne devoit point
avoir de part. L'intérêt de la vérité exige aussi que
vous preniez soin de le justifier sur ce même article
contre les partisans excessifs de Corneille, et vous
ne pouvez le faire qu'en démontrant, comme la
chose est fort aisée, que ce premier restaurateur de
la tragédie parmi les modernes n'a pas moins à se
reprocher que son rival d'avoir mis de l'amour
dans toutes ses pièces. Observons ici en peu de
mots, pour y revenir ensuite plus en détail, que
le tendre et l'élégant Racine a fait un chef-d'œuvre
sans le secours de cette passion, ce qu'on ne sauroit dire du grand Corneille.

La seule différence qu'il y ait à cet égard entre
ces deux maîtres de la scene, c'est que Racine trai-
toit l'amour en homme de génie, et Corneille en
homme d'esprit. Qu'on ne s'étonne pas de ce mot,
et discutons clairement nos idées. Quoique je parle
au fils de Racine, je lui déclarerai ingénument
que son pere n'étoit pas en général un aussi grand
génie que Corneille. Ainsi en n'appelant ce dernier
qu'homme d'esprit, quand il veut parler le langage
de l'amour, je ne retranche rien de sa supériorité
dans les autres parties. Il n'y a point de génie universel. C'est abuser des mots que d'employer cette
expression pour caractériser certains hommes du

premier ordre, qui ont embrassé avec succès plus
d'objets que d'autres, comme Aristote, Cicéron. Et
c'est aussi très improprement qu'on dit d'un homme
médiocre, qu'il a le génie borné. On diroit avec
beaucoup plus de justesse, qu'il n'en a point du
tout : car le plus grand génie a des bornes. De là
cette inexactitude dans les idées que l'on se fait
d'autrui, et dans le jugement qu'on en porte. On
érige quelquefois en homme de génie celui qui n'a
que de l'esprit ; et souvent on n'accorde que de l'esprit à celui qui certainement a du génie.

Si le génie consiste à pénétrer profondément les
objets, à les concevoir dans toute leur étendue sans
s'arrêter à la superficie, à saisir vivement, à rap-
procher d'un coup d'œil leur différents rapports, à
les posséder de maniere qu'ils paroissent, pour ainsi
dire, créés dans l'ame de celui qui se les approprie,
je reconnois le sentiment à ce caractere distinctif.
Il a les mêmes propriétés, il produit les mêmes
effets, quoique sa sphere soit plus resserrée. Horace,
La Fontaine, Quinault, n'étoient pas d'aussi grands
génies qu'Homere, Virgile et Corneille ; mais c'é-
toient néanmoins des hommes de génie, parcequ'ils
avoient du sentiment. Racine est, je pense, l'homme
de la terre qui en a eu davantage. Ses tragédies, ses
cantiques, ses lettres, sa prose et ses vers sont
comme pétris de cette faculté souple et délicate qui
s'attache sous sa main aux différentes matieres qu'il
traite, qui les anime, les vivifie, leur communique
ce charme secret qui intéresse, et cette chaleur
douce et continue dont il ne faut pas chercher la

16.

source dans des mouvements passagers de tendresse, mais dans le trésor inépuisable d'un cœur naturellement sensible et fécond.

On a cru long-temps, on a même écrit que, quand il vouloit composer les scenes les plus tendres et les plus passionnées, il alloit auparavant passer une heure avec sa femme ou avec sa maîtresse. Vous avez démontré la fausseté de cette tradition par rapport à sa femme, en apprenant au public qu'il ne se maria qu'après avoir renoncé au théâtre; et j'ajoute, moi, que cette fausseté s'étend pareillement à la maîtresse: non que je croie sérieusement qu'il n'en a point eu. Quel tort cela feroit-il à sa mémoire, après la vie édifiante qu'il a menée depuis l'âge de trente-huit ans jusqu'à la fin de ses jours? Mais il n'avoit pas besoin de ce secours pour s'exprimer comme il faisoit. Nous savons assez de particularités du caractere et de la vie de Virgile, pour pouvoir juger que ce poëte admirable n'a jamais été amoureux. Cependant qu'y a-t-il au monde de plus vif et de plus passionné que le quatrieme livre de l'Enéide? L'amour n'inspire point le sentiment; mais le sentiment donne du génie à l'amour. S'il en étoit autrement, comme presque tous les poëtes se piquent d'être amoureux, nous aurions toujours des Racines.

Si l'amour a fait dans les arts de prétendus miracles; s'il a créé des poëtes, des peintres, des musiciens, c'est qu'il a trouvé des sujets en qui la nature avoit déja mis ces talents que la culture ni l'occasion n'avoient point encore développés. Il n'a jamais apporté dans un cœur ce qui n'y étoit pas avant lui. Quand on versifie un dialogue tragique, il ne suffit pas d'aimer, pour être en état de donner aux pensées et aux expressions la tournure et la vérité du sentiment. On ne le remplace point par des hyperboles, par des images gigantesques. Un poëte ordinaire qui veut exprimer énergiquement les effets d'une grande passion met en jeu les dieux, la nature, les éléments, pour m'apprendre qu'on sacrifie tout à l'objet aimé, qu'il tient lieu de tout, dédommage et console de tout. Racine me dira du jeune Britannicus privé du trône, mais adoré de sa maîtresse,

Qu'il alloit voir Junie, et revenoit content.

Que de choses renfermées dans la noble simplicité de ce vers ! C'est le sublime de l'amour. J'admire encore plus ces deux vers célèbres que le grand Condé, qui n'étoit point un homme doucereux, repétoit si souvent, et avec tant de complaisance :

Depuis cinq ans entiers chaque jour je la vois,
Et crois toujours la voir pour la première fois.

Ces sortes de traits sont fréquents dans les pieces de Racine. Mais pour prouver d'une maniere plus précise et plus développée ce que j'ai avancé, que Racine traite l'amour en homme de génie, et Corneille en homme d'esprit seulement, prenons dans ces deux poëtes des morceaux de passion que l'on puisse opposer l'un à l'autre, et dont une courte analyse fasse voir le vrai ou le faux de mon opinion. Pour en trouver dans Racine de remarquables par leur beauté, c'est assez d'ouvrir son livre au hasard. Le choix n'est pas si facile dans Corneille.

On citera toujours comme un chef-d'œuvre la
scene où Phedre déclare son amour à Hippolyte.
Quoiqu'il y ait dans cette déclaration si connue
quelques traits heureux empruntés de la tragédie
d'Hippolyte, attribuée à Séneque, ce n'est point là
ce qui fait le fond de cette scene étonnante, la plus
forte, la mieux dialoguée, la mieux écrite, la plus
parfaite enfin qui soit sortie de la main d'aucun
poëte tragique. L'art y est merveilleux: le trouble,
l'agitation et la pitié y croissent de vers en vers.
Le dénouement en est terrible. On y plaint Phedre;
on y tremble pour elle et pour Hippolyte; l'amour
qui la dévore n'est entouré que de crimes et de
remords, de glaives et de poisons. Le P. Brumoy
dit que M. Racine a pris de Séneque l'endroit de
l'épée. C'est chercher le plagiaire au milieu de l'invention. Dans le déclamateur latin, Hippolyte saisit sa marâtre par les cheveux, lui tord presque le
cou, et se dispose à l'offrir en sacrifice à Diane.
Mais il lui fait grace de la vie, et s'enfuit laissant
tomber son épée que la nourrice ramasse. Qu'y
a-t-il qui ressemble à la scene de Racine, où Phedre se jette sur l'épée d'Hippolyte pour s'en percer
le sein? Mouvement de désespoir et de honte qui
redouble la compassion et l'effroi. Ecoutons Phedre
elle-même :

Ma sœur du fil fatal eût armé votre main.
Mais non, dans ce dessein je l'aurois devancée;
L'amour m'en eût d'abord inspiré la pensée.
C'est moi, prince, c'est moi dont l'utile secours
Vous eût du labyrinthe enseigné les détours.
Que de soins m'eût coûté cette tête charmante!

Un fil n'eût point assez rassuré votre amante.
Compagne du péril qu'il vous falloit chercher,
Moi-même devant vous j'aurois voulu marcher ;
Et Phedre, au labyrinthe avec vous descendue,
Se seroit avec vous retrouvée ou perdue.

L'amour ni l'esprit tout seuls n'enfanteront jamais
de morceau de cette richesse et de cette force. Quel
enthousiasme de passion ! Quelle fécondité d'idées,
de sentiments et d'images ! Que l'amour de Phedre
est inventif ! Quelle promptitude à combiner dans
un clin d'œil, à rassembler sous le même point de
vue toutes les circonstances possibles de l'aventure
d'Hippolyte mis à la place de Thésée ! le fil d'Ariane
passé dans les mains de Phedre, le labyrinthe, le
Minotaure, Phedre elle-même servant de guide au
jeune héros, l'un et l'autre combattant le monstre,
dévorés ou vainqueurs ensemble ; rien n'échappe à
cette brillante imagination. Tout ce que l'amour lui
représente, elle croit le voir, et tout ce qu'elle voit,
elle le rend visible au spectateur : tant le pinceau
manié par le sentiment a d'expression, de chaleur,
d'abondance et de vérité ! Et n'est-ce pas là le génie ?

Transportons-nous chez Corneille, et pour observer toute justice dans la comparaison, choisis-
sons une de ses meilleures tragédies, et dans cette
tragédie une des plus belles scenes. Je reconnois,
avant d'aller plus loin, que Corneille a fait des
pieces très intéressantes. Le Cid est du nombre.
Mais distinguons ici l'intérêt du sentiment. L'intérêt
résulte, soit de la situation générale des personnages dans tout le cours de la tragédie, soit de leur
situation particuliere dans certains moments de

l'action. Nous avons des ouvrages dramatiques extrêmement foibles du côté du sentiment et de la versification, qui se soutiennent avec succès au théâtre
par ce seul intérêt de sujet et de situation, comme
Ariane, Pénélope, Inès. Le sentiment au contraire
n'est point attaché aux situations, ni à l'action,
puisqu'elles peuvent être intéressantes dans une tragédie mal écrite, et remplie de lieux communs,
mais aux pensées et aux expressions, de même que
la dignité, l'élévation, et le sublime. Beaucoup de
poëtes sont capables d'imaginer dans leurs pieces
des événements extraordinaires, d'introduire des
personnages bizarres qu'on appelle neufs, d'éblouir
le parterre par de bruyants coups de théâtre. Il n'appartient qu'à Corneille et à Racine de faire parler
les acteurs. Corneille s'élève au dessus des hommes
quand il est l'organe de César, d'Auguste, de Cléopâtre dans Rodogune, de Léontine dans Héraclius ;
mais il est bien au dessous de Racine dans les con-
versations de Rodrigue et de Chimene.

L'intérêt dans le Cid commence avec la tragédie
telle qu'on la représente aujourd'hui, c'est-à-dire
dès la quatrieme scene, qui est devenue la premiere
par la sage suppression des trois précédentes. Le pere
de Chimene donne un soufflet au pere de Rodrigue
amant aimé de Chimene. Le vieillard déshonoré
confie aussitôt à son fils le soin de sa vengeance.
Quel coup de foudre pour le jeune guerrier, qui ne
balance pas néanmoins à obéir à son pere ! Voilà
d'abord un intérêt de situation, et du plus tragique.
Quel monologue n'eût pas fait Racine ! et quel monologue a fait Corneille ! Des stances qui finissent

toutes par une pointe. Il falloit du sentiment; l'auteur n'a eu que de l'esprit.

Au cinquième acte, et c'est où j'en voulois venir, Rodrigue entre inopinément chez sa maîtresse, qui a promis sa main au vainqueur de son amant. L'idée de cette scène est hardie. La vue seule de Rodrigue et de Chimène dans ce lieu et dans ce moment fait tableau et situation. Chimène débute par deux vers très vifs, qui expriment fort bien tout ce qui se passe dans son cœur.

Quoi Rodrigue en plein jour! D'où te vient cette
    audace?
Va, tu me perds d'honneur; retire-toi de grace.

Je ne m'arrête point au petit madrigal que répond Rodrigue, dans lequel il demande à sa maîtresse la permission de mourir.

Mon amour vous le doit, et mon cœur qui soupire
N'ose sans votre aveu sortir de votre empire.

Je passe à des discours plus étendus, où l'amour uni avec le génie doit déployer tout ce qu'il a de sentiment et d'imagination. Lisez attentivement ce morceau : « Je cours à mon supplice, et non pas au « combat ». Cette tirade trop longue pour être citée tout entière, ne manque ni de force ni de vivacité, mais l'énergie et la chaleur y sont dans les mots plus que dans les choses. C'est un choc continuel d'antithèses; le supplice et le combat, la mort et la vie, le cœur et le bras, la main de Chimène et celle de Don Sanche. Ce n'est point là l'éloquence passionnée d'un jeune homme plein d'audace, de cou-

rage, d'amour, et proscrit par sa maîtresse, qui
n'attend que sa mort pour se jeter avec joie dans
les bras sanglants de son meurtrier. Cette scene a
néanmoins de l'éclat. Elle fait encore grand plaisir
au théâtre. Les enfants la savoient autrefois par cœur;
on leur faisoit déclamer avec emphase : « Paroissez,
« Navarrois, Maures et Castillans ». Mais elle doit
toute sa beauté à cet interêt de situation qui fait
souvent réussir des choses bien inférieures à cette
scene du Cid, des pensées fausses, des vers empha-
tiques, des caracteres manqués, un dialogue sans
ordre ni liaisons.

Si l'on veut bien examiner, en critique impartial
et sans préjugé, les scenes de Corneille où il est
question d'amour, et les comparer à celles de Racine
qui roulent sur le même objet, on remarquera dans
le premier plus d'hyperboles, de pointes, et de ce
verbiage de galanterie qui étoit alors à la mode,
que de véritable passion; plus d'art que de sentiment, plus d'esprit que de génie. Chez Racine l'a-
mour n'a rien de sec ni de forcé. Il s'insinue dans
le cœur par la voix de la nature; il le pénetre, rement, l'attendrit. S'il ne produit pas les mêmes effets dans les ouvrages de Corneille, cet auteur en
est moins excusable, puisqu'ayant introduit l'amour
dans toutes ses tragédies, il a deux torts en cela ;
l'un d'avoir fait ce qu'il ne devoit pas faire, l'autre
de l'avoir mal fait.

Les passions doivent être assorties aux caracteres,
en prendre les traits, l'empreinte, et, pour ainsi
dire, la couleur. Il me paroît que les personnes qui
accusent Racine d'avoir donné à ses héros l'air et la

physionomie de Français, confondent le sentiment
et les mœurs avec l'expression. Est-il extraordinaire
que connoissant, comme il faisoit, et mieux
qu'homme de son temps, le vrai génie de la langue
française, ses beautés et ses délicatesses, il en ait
revêtu sa poésie, et que ses acteurs, de quelque âge,
de quelque rang, de quelque sexe, de quelque nation qu'ils soient, parlent toujours le français le
plus poli et le plus élégant? Il est uniforme et mo-
notone à la manière de Virgile; c'est-à-dire qu'à l'é-
gal de ce poëte latin, il est par-tout correct dans son
style, par-tout admirable dans sa versification. Le
Gouverneur de Néron a dû s'énoncer en français,
comme le maréchal de Villeroy eût fait en latin,
si c'eût été sa langue. On ne s'aperçoit que trop
dans Corneille de ce défaut d'élégance dans le tour
et dans l'expression, qui influe beaucoup sur le
fond des choses. L'auteur des Horaces, de Cinna,
et de tant d'autres chefs-d'œuvre, a des vers d'une
beauté originale; mais il ne possédoit assez bien ni
les finesses de notre langue, ni le langage de la
cour, pour faire des vers tels que ceux-ci:

Et n'avertissez pas la cour de vous quitter...
Mais ceux qui de la cour ont un plus long usage,
Sur les yeux de César composent leur visage.

Vers qui non seulement ont le mérite de l'élégance et de l'harmonie, mais dans lesquels encore
le choix heureux des expressions forme un tableau
parfait des mœurs de la cour, et du caractère des
courtisans. C'est donc un reproche injuste et frivole que celui qu'on fait à Racine d'avoir attribué

à ses personnages des mœurs françoises ; parceque,
dans ses tragédies, Mithridate et Pyrrhus parlent
français aussi élégamment que Louis XIV et le grand
Condé.

Je répondrai de même sur ce qui regarde les passions et les sentiments. La colere, la fureur, l'amour,
la jalousie, la haine, l'ambition, ne sont d'aucun
pays en particulier. Ces malheureuses foiblesses
sont dans toutes les régions de la terre l'apanage
de l'humanité, et se reconnoissent par-tout aux
mêmes traits. Qu'un peintre veuille exprimer la tristesse ou la joie, le plaisir ou la douleur, il peindra
d'abord le visage où doit régner l'un de ces sentiments. J'en puis voir l'effet, sans connoître la personne ni le pays. C'est l'habillement seul qui m'ap-
prendra si la figure représentée sur ce tableau est
un Grec ou un Romain, un Turc ou un Espagnol.
Racine pouvoit-il mettre dans des choses semblables
des différences qui n'y sont pas ? Pourquoi faut-il
que le cœur d'un Athénien differe de celui d'un
François ? Les mots, ces signes représentatifs de
nos pensées et qui les représentent si imparfaitement, ont beau varier à l'infini, suivant le génie ou
le caprice des diverses nations, ils ne changent rien
aux pensées en elles-mêmes, aux sensations ni aux
sentiments. Otez la diversité du langage, et celle
des habits ; supposez une langue universelle ; la différence que nous cherchons disparoîtra ; les mots
s'évanouiront, il ne restera que la nature ; et l'on
apercevra dans tous les cœurs l'uniformité des caracteres dont elle se sert pour y graver ses penchants
et ses passions.

Une différence bien réelle, et que tout auteur dramatique ne sauroit marquer avec trop de soin, est celle des mœurs. C'est pour les poëtes le costume des peintres. Il y a les mœurs de la nation; il y a les mœurs du personnage. Un Romain triste, en colere, ou amoureux, éprouvera sans contredit les mêmes mouvemens qu'un François qui seroit agité de passions semblables. Mais les mœurs du François ne ressémblent pas pour cela aux mœurs du Romain. Telle nation est portée à telle vertu ou à tel vice en général. Elle a tels usages, telles lois, tels préjugés. L'assemblage de ces différentes choses constitue les mœurs. Outre ces mœurs générales, chaque homme a son caractere particulier.

Les mœurs et les caracteres sont sans difficulté la partie supérieure de Corneille; il y excelle. Quelle force! quelle variété! Ne lui disputons point à cet égard la primauté sur Racine. Ou celui-ci n'avoit pas les mêmes ressources dans son génie, ou il a un peu négligé cet objet; faute inexcusable dans un maître de l'art. On sent en effet qu'il s'est plus attaché à la peinture des passions qu'à celle des mœurs; et par là il est tombé dans l'inconvénient de cette ressemblance de personnages qu'on lui reproche avec quelque raison, et qui a donné lieu de l'accuser aussi, mais mal à propos, de n'avoir mis sur la scene que des François déguisés.

Je ferois à ce sujet des réflexions qu'il me semble qu'on n'a point encore faites. Racine connoissoit à fond le cœur humain, qui est par-tout le même. De toutes les passions dont nous sommes susceptibles, l'amour est la plus naturelle et la plus commune à

tous les hommes. C'est celle qui domine dans ses
tragédies ; et comme, en la traitant avec toute la vérité possible., il n'y a point mêlé assez de traits de
mœurs nationales , je dirois qu'il a peint l'humanité
en général, mais qu'il n'a pas suffisamment distingué dans ses tableaux le caractere particulier des
peuples dont il emprunte ses sujets. Ses héros
semblables dans leurs passions , et dans la maniere
de sentir et de s'exprimer, conformité que je ne
saurois trouver défectueuse ni extraordinaire, pé-
chent néanmoins en ce qu'ils n'ont pas cette diversité marquée de mœurs, qui fait qu'un Turc n'est
pas un Grec, ni celui-ci un Romain. Car, d'avancer
que les sentiments qu'il leur prête , que les expressions dont ils se servent, ne conviennent point au
caractere de leur nation, et n'appartiennent qu'à
des Français, c'est comme je l'ai déja dit, et par les
raisons que j'en ai apportées, une censure tout-à-
fait injuste. Je tâcherai de le prouver encore par un
exemple.

Dans Andromaque, Pyrrhus désespéré des refus
continuels de la veuve d'Hector, et résolu en apparence de se marier enfin avec Hermione, dit a
Phœnix :

> Crois-tu , si je l'épouse,
> Qu'Andromaque en secret n'en sera point jalouse?

Cette réflexion paroît à quelques uns au-dessous
de la gravité du poëme tragique, et je serois volontiers de leur avis ; mais ils vont plus loin, ils ajou-
tent que de pareils traits sentent nos mœurs ; que
ce sont là des raffinements à la française ; que Pyr-

rhus parleroit ainsi à Versailles, et non pas à Bu-
throte. Et pourquoi, en le supposant amoureux et
vain, ne s'exprimeroit-il pas en Epire comme en
France? Encore une fois c'est confondre les mœurs
et les sentiments. L'amour, la jalousie, et l'amour-
propre ont dans tous les lieux les mêmes délicatesses, les mêmes ruses, les mêmes subtilités. L'art
du poëte consiste à peindre les passions de couleurs
si vraies, que tout homme s'y reconnoisse, soit
Chrétien, soit Musulman, soit Asiatique, soit Amé-
ricain. Ce même art exige que, dans la peinture
des mœurs, le pinceau soit si exact à différencier
les nations, qu'on ne puisse jamais prendre l'une
pour l'autre, ni les confondre dans les ressem-
blances générales. Ainsi donc Pyrrhus, plein d'a-
mour et de présomption, a pu penser et dire ce
que penseroit et diroit à sa place un homme né à
Paris. Ce n'est point le génie françois, c'est la nature
qui dicte des sentiments de cette espèce. Il y en a
une infinité dans les tragédies de Racine, et qui
n'ont pas, comme celui dont il est question, le défaut d'approcher un peu trop du comique; entr'autres le demi-vers de Pyrrhus, lorsque ce prince, déterminé malgré lui à contenter les Grecs, à leur livrer Astianax, et à recevoir la main d'Hermione,
rencontre sur ses pas, au lieu de la princesse qu'il
cherchoit, Andromaque éplorée qui se jette à ses
pieds, et qu'attendri par ses larmes et par sa beauté,
mais gêné par la présence de son ministre, les premiers mots qui sortent de sa bouche sont ceux-ci:
« Va m'attendre, Phœnix. » J'y ajouterai ces deux
vers si heureux du visir Acomat à Osmin sur l'en-

17.

trevue que Roxane veut avoir avec Bajazet avant
que de prononcer sa condamnation :

Je connois peu l'amour, mais j'ose te répondre
Qu'il n'est pas condamné, puisqu'on veut le con-
    fondre.

Mais si les sentiments de Pyrrhus sont naturels
et convenables à la situation, je ne saurois approu-
ver son caractere. Je n'y trouve ni les mœurs grecques ni les siennes. La fourberie et la duplicité de
ses compatriotes, son emportement et sa cruauté
l'eussent rendu plus reconnoissable et plus théâtral. Sa mort en eût paru moins odieuse. Cette im-
perfection, qui n'est pas médiocre, est peut-être
l'unique défaut de cette excellente tragédie. Rien
de plus achevé que le personnage d'Andromaque :
c'est un modele parfait de vertu. Nous n'avons point
de piece où l'amour soit plus tragique ; il y produit
des effets funestes. Pyrrhus est assassiné ; Hermione
se poignarde sur le corps de ce Prince. La versification est élégante, forte et harmonieuse. Et cependant il y a bien loin encore d'Andromaqne à Britannicus.

C'est ici que Racine n'est en rien inférieur à Corneille. Force, élévation, grandeur, caracteres, tout
est réuni dans ce chef-d'œuvre. On n'y peint pas les
Romains avec cette emphase qui dégénere assez souvent en vaines déclamations. Les mœurs de Rome
depuis l'extinction de la liberté, et celles de la cour
des empereurs y sont représentées avec une fidélité

singuliere. C'est Agrippine, c'est Néron, c'est Burrhus que l'on voit et qu'on entend tels qu'ils étoient
dans le palais des Césars, tels qu'ils nous sont
montrés dans Tacite. Ce sont les intrigues des af-
franchis, des courtisans efféminés, de ces hommes
de néant qui avoient tant de pouvoir à Rome sous
les tyrans, et qui en auront toujours beaucoup dans
les gouvernements arbitraires. La poésie ne sauroit
porter plus loin l'art de la ressemblance et de l'imitation. Il y a de l'amour, et du plus tendre, et du
plus touchant entre Britannicus et Junie. Mais cet
amour est innocent; il est fondé sur la conve-
nance, sur la proportion des âges et du rang, sur
les droits communs au trône. La vertu même autorise la passion mutuelle de ces jeunes amants. Je
ne comprends pas comment une piece de ce caractere auroit pu causer des remords à son auteur. Au
moins est-il certain que dans ses tragédies les plus
tendres, les plus propres à émouvoir les passions,
il ne lui est jamais rien échappé de contraire à la
bienséance ni aux bonnes mœurs. Il avoit trop de
religion et de probité pour se permettre ces maximes licencieuses qui remplissent nos opéra, et qui,
graces à la corruption du cœur humain, sont devenues autant de proverbes contre la sagesse et la
vertu. J'entends par ces maximes licencieuses, non
seulement ces *lieux communs de morale lubrique*,
où tout se rapporte au bonheur d'aimer, et aux plaisirs de l'amour; mais principalement ces affreux
préceptes où l'on enseigne en vers sentencieux à
fouler aux pieds toutes sortes de principes, de lois

et de devoirs. Quoi de plus horrible, par exemple, que ces deux vers d'un opéra célebre!

> Il fant souvent, pour être heureux,
> Qu'il en coûte un peu d'innocence.

Racine, ainsi que Corneille, est sans reproche de ce côté-là. Ne cherchons la source de ces regrets que dans l'abus qu'il a fait d'une passion qu'on ne doit employer sur le théâtre qu'avec des précautions extrêmes, et qu'il faut rendre odieuse ou redoutable, hors les cas très rares où elle peut être avouée par l'honneur et par la vertu.

Des poëtes graves et austeres, si nous jugeons des mœurs par les écrits, n'ont pas craint d'introduire l'amour dans leurs ouvrages ; mais il y est si insensé, si furieux et si misérable, que les remords dont il est tourmenté, et les catastrophes qui l'accablent, ne servent qu'à inspirer de la crainte et de l'éloignement pour cette déplorable passion. Dans Sophocle, le jeune Hémon plein d'un amour effréné pour Antigone, se poignarde lui-même dans le tombeau où cette malheureuse princesse, enfermée toute vivante par l'ordre de Créon, venoit de s'étrangler de ses propres mains. Voilà de cette terreur grecque que Racine avoit bien étudiée, et dont on connoît, à plusieurs traits répandus dans ses pieces qu'il eût su, mieux qu'un autre, exprimer fortement les admirables effets. Dans Virgile, Didon livrée au plus furieux désespoir, déchirée de remords, poursuivie par l'ombre vengeresse de son époux, monte enfin sur le bûcher, et se tue en faisant d'horribles imprécations contre l'amant qui l'a trahie, et qui n'a fait cependant qu'obéir aux dieux. Voilà aussi du funeste et de l'effrayant. Le sujet de Phedre est encore plus tragique. De semblables passions ne sont pas indignes de la majesté du cothurne; elles jettent l'effroi dans l'ame des spectateurs, bien loin de l'amollir et de le corrompre, quand elles sont accompagnées d'ailleurs de ces grandes leçons qui annoncent au crime et aux foiblesses la punition qui les suit.

Racine étoit trop persuadé que la scene française ne pouvoit se soutenir sans amour. Le succès prodigieux et soutenu d'Athalie l'eût bien détrompé de cette erreur. Il la portoit jusqu'à croire que certains personnages devoient nécessairement être amoureux, pour intéresser des Français; excuse insuffisante, qui ne détruit point la critique judicieuse que faisoit M. Arnauld des amours d'Hippolyte et d'Aricie dans la tragédie de Phedre, dont, à cela près, ce théologien rigide se déclara publiquement l'approbateur, avouant même que des ouvrages dramatiques de cette nature n'avoient rien que de louable, et pouvoient devenir utiles.

Cette considération et les regrets de M. Racine m'ont fait naître l'idée d'examiner de plus près ses tragédies en ce qui concerne l'amour, et de marquer celles, où, selon mes lumieres, cette passion a trop de part; celles où l'amour peut être d'un dangereux exemple; enfin les pièces où il me paroît absolument déplacé. Il y a, je le sens, bien de la liberté dans cette critique rigoureuse, à laquelle personne n'avoit pensé avant moi. Vous me le pardonnerez en faveur de mon admiration profonde pour votre

illustre père, de mon amitié pour vous, et de mon
amour pour la vérité.

La Thébaïde a besoin de l'indulgence que l'auteur
demande pour elle au commencement de la préface.
Aussi n'est-ce point cette pièce que j'attaque, mais
les réflexions qui la précèdent, dans lesquelles
j'aperçois le système de Racine sur l'usage ou sur
l'abus qu'un poëte tragique peut faire de l'amour.
On remarquera qu'il avoit déjà composé ses principaux chefs-d'œuvre quand il exposoit ces réflexions,
fruits de son expérience et de ses travaux. Ce n'est
donc pas le jeune auteur, c'est l'écrivain consommé
qui parle. Il est nécessaire de rapporter d'abord ses
expressions. « L'amour, qui a d'ordinaire tant de
« part dans les tragédies, n'en a presque point ici ;
« et je doute que je lui en donnasse davantage si
« c'étoit à recommencer : car il faudroit ou que l'un
« des deux frères soit amoureux, ou tous les deux
« ensemble. Et quelle apparence de leur donner
« d'autres intérêts que cette fameuse haine qui les
« occupoit tout entiers ? Ou bien il faut jeter l'a-
« mour sur un second personnage, comme j'ai fait. »
Pourquoi cette alternative ? S'ensuit-il de ce qu'un
premier personnage ne sauroit décemment être
amoureux, qu'il faille qu'un personnage subalterne
le soit ? Cette nécessité une fois admise suffiroit
pour dégrader la tragédie. Ce seroit une preuve
qu'elle ne peut se passer d'amour. Je ne reconnois
point à ce dogme le sublime auteur d'Athalie.
Ce qui suit n'est pas un correctif assez fort. « En
« un mot, continue Racine, je suis persuadé que
« les tendresses ou les jalousies des amants ne sau-

« roient trouver que fort peu de place parmi les in-
« cestes, les parricides et les autres horreurs qui
« composent l'histoire d'OEdipe et de sa malheu-
« reuse famille ». Le peu de place est beaucoup trop,
puisque c'en est toujours une, et que dans de pareils sujets elles n'en doivent point avoir du tout.

Je ne voudrois pas non plus que l'amour se fût
glissé dans la tragédie d'Alexandre, quoiqu'il y soit
autorisé par l'histoire. Une foiblesse passagere de
ce héros ne tire point à conséquence pour son caractere, qui n'étoit ni tendre ni sensible pour les
femmes. On diroit pourtant, à n'en juger que par la
tragédie de son nom, qu'il étoit naturellement porté à l'amour. Il s'y livre en homme qui n'est pas
moins esclave de cette passion que de la gloire de
vaincre, et du désir des conquêtes. Son attachement pour Cléofile remplit toute l'étendue de son
ame. Je rougis pour lui du personnage qu'il fait
jouer à Ephestion. Ce général macédonien, qui
parle avec tant de fierté aux souverains de l'Inde,
a déja perdu dans mon esprit toute sa dignité depuis
qu'il a signalé son entrée sur la scene par un ministere très indécent, quoique assez recherché à la
cour des rois. La même bouche qui dit à une princesse galante et perfide envers sa nation,

Fidele confident du beau feu de mon maitre,
Souffrez que je l'explique aux yeux qui l'ont fait
      naitre,

n'est point faite pour dire ensuite à des Indiens:

Voilà ce qu'un grand roi veut bien vous faire
      entendre,

Prêt à quitter le fer, ou prêt à le reprendre.
Vous savez son dessein. Choisissez aujourd'hui
Si vous voulez tout perdre, ou tenir tout de lui.

Tant de hauteur ne s'allioit pas alors avec tant
de bassesse. Ce contraste étoit réservé pour d'autres
nations. Et c'est ici qu'on accuseroit justement
M. Racine d'avoir péché contre la vraisemblance des
caracteres et des mœurs. Il doit cette faute à l'inter-
vention de l'amour dans une piece qui n'en avoit
pas besoin. Alexandre et Porus sont assez intéressants par eux-mêmes. Au reste, malgré cet étalage
d'amour, car tout est amoureux, Alexandre, Cléofile, Taxile, Porus, Axiane, il n'y a guere rien de
plus beau que quelques scenes de cette tragédie. Celle
de Porus et de Taxile au premier acte; au second
celle d'Ephestion avec les deux monarques indiens;
joignons-y tout le cinquieme acte, dont la derniere
scene est remplie de pompe, et d'un intérêt majes-
tueux. Toutes les scenes d'Axiane sont aussi fort
belles, parceque son personnage est admirable d'un
bout à l'autre, comme celui de Porus.

J'observerai à l'égard de cette tragédie une chose
qu'on doit appliquer à toutes celles du même auteur; c'est qu'il est très faux qu'elles doivent à l'a-
mour leurs principaux ornements. Je n'excepte que
Bérénice. Je trouve dans toutes les autres des caracteres parfaits, des beautés de détail, des scenes ravissantes où l'amour n'est pour rien; des Adroma-
que, des Agrippine, des Burrhus, des Acomat, des
Mithridate, des Agamemnon, des Clytemnestre. Il
n'en faudroit pas davantage, ce semble, pour fixer

l'opinion commune. Mais les préjugés populaires
ne se détruisent point ainsi. Nous avons souvent
sous les yeux des vérités que nous ne voyons pas.
Dans toute question littéraire, on ne prend jamais
que les extrêmes. C'est de ces deux postes opposés
que l'on dispute avec aigreur, sans avancer ni recu-
ler, sans se concilier ni s'entendre. Il n'y a que les
gens de bon esprit qui se placent au milieu.

Si j'ai condamné l'amour dans les tragédies de la
Thébaïde et d'Alexandre, je lui ferai grace dans Andromaque et dans Britannicus. Dans la premiere de
ces deux pieces il est si théâtral, si terrible, ceux
qu'il agite font une fin si malheureuse, que leur exemple est plus capable d'épouvanter que de séduire.
Dans Britannicus, l'amour du jeune prince et de
Junie est respectable et vertueux. Celui de Néron
n'est pour ce monstre exécrable qu'un vice de plus.
Il les réunissoit tous : c'eût été manquer son caractere que de lui en ôter un seul.

Bérénice ne servira point à l'apologie de Racine.
Tout est amour dans cette piece ; et comme il n'y
sauroit avoir une issue légitime, on ne doit l'ap-
prouver ni le tolérer. Titus n'ignore point l'obstacle
invincible qui éloigne du trône des Césars toute
femme étrangere. Son amante en est intruite comme
lui. Tous deux cependant se livrent à une passion qu'ils ne peuvent écouter sans crime ; ils
habitent le même palais ; ils se voient à toute heure
et à tout moment, en public et en secret. Xiphilin
dit en termes fort clairs que Bérénice étoit la con-
cubine de Titus. Un fond aussi vicieux, et d'ailleurs si peu tragique, n'est point sauvé par la no-

blesse des sentimens, ni par la beauté de la versification. Racine le jugeoit « très propre pour le théâ-
« tre, par la violence des passions qu'il y pouvoit
exciter. » (1) C'est, un funeste avantage que celui-
là. Je ne doute point que l'auteur ne se soit souvent
repenti d'avoir fait cette tragédie; dont la lecture est presque aussi dangereuse que la représentation. Quel dommage qu'il ait si mal employé son génie! car il en a fallu beaucoup pour conduire avec
chaleur jusqu'au cinquième acte, un sujet qui semble expirer à chaque moment faute de matière. Que
l'intérêt en est vif et soutenu! Que la versification
en est belle! Il y a même des endroits d'une grande
élévation. Ce morceau du premier acte, « De cette
« nuit, Phénice, as-tu vu la splendeur, » jusqu'à
ce vers « Le monde en le voyant eût reconnu son
maître », est véritablement sublime. Quelle magnificence d'expression et de pensée dans les vers suivants :

     Cette nuit enflammée,
Ces aigles, ces faisceaux, ce peuple, cette armée,
Cette foule de rois, ces consuls, ce sénat,
Qui tous de mon amant empruntoient leur éclat!

 Je viens de relire la tragédie de Bérénice: je l'ai
de nouveau condamnée, mais en admirant Racine.

 La tragédie de Corneille sur le même sujet con-
firme ce que j'ai dit plus haut, que le génie abandonne tout-à-fait ce grand homme quand il traite
l'amour. Le fond de sa Bérénice ne vaut pas mieux

---

(1) Préface de Bérénice.

que celui de la pièce de Racine, et il a de moins l'intérêt des situations, la noblesse des caractères ; et les beautés de détail. A ne consulter que le préjugé général, qui croiroit que Titus n'est empereur et Romain que dans Racine, et qu'il n'est dans Corneille qu'un prince irrésolu, et qu'un amant langoureux ? Ici sa grandeur ni la dignité de l'empire ne tiennent point contre Bérénice en pleurs (1) :

Hé bien, madame, il faut renoncer à ce titre
Qui de toute la terre en vain me fait l'arbitre.
Allons dans vos états m'en donner un plus doux ;
Ma gloire la plus haute est celle d'être à vous.
Allons où je n'aurai que vous pour souveraine,
Où vos bras amoureux seront ma seule chaîne,
Où l'hymen en triomphe à jamais l'étreindra :
Et soit de Rome esclave ou maître qui voudra.

Là, je vois dans toute leur étendue l'inflexibilité romaine, et le courage d'un empereur (2).

Ne vous attendez pas que las de tant d'alarmes,
Par un heureux hymen je tarisse vos larmes.
En quelque extrémité que vous m'ayez réduit,
Ma gloire inexorable à toute heure me suit.
Sans cesse elle présente à mon ame étonnée
L'empire incompatible avec mon hyménée ;
Et je vois bien qu'après tous les pas que j'ai faits,
Je dois vous épouser encor moins que jamais.
Oui, madame ; et je dois moins encore vous dire
Que je suis prêt pour vous d'abandonner l'empire,
De vous suivre, et d'aller, trop content de mes fers,

---

(1) Corneille.
(2) Racine.

Soupirer avec vous au bout de l'univers.
Vous-même rougiriez de ma lâche conduite :
Vous verriez à regret marcher à votre suite
Un indigne empereur sans empire, sans cour,
Vil spectacle aux humains des foiblesses d'amour.

Ce dernier morceau fait la critique du précédent, et du personnage entier de Titus, qui ne cesse dans Corneille d'offrir à sa maîtresse le sacrifice des lois de Rome, et s'il le faut, l'abandon de l'empire même. Au surplus c'est dans cette pièce si foible que sont ces quatre vers si beaux :

La vie est peu de chose, et, tôt ou tard, qu'importe
Qu'un traître me l'arrache, ou que l'âge l'emporte ?
Nous mourons à toute heure ; et dans le plus doux sort
Chaque instant de la vie est un pas vers la mort.

Reprenons les pièces de Racine. Je ne dirai qu'un mot des Plaideurs, et ce mot sera relatif à l'objet de mes réflexions. Cette comédie charmante, dont Moliere faisoit tant de cas, ne sera point mise au nombre des ouvrages dangereux pour les mœurs. On s'y amuse, et on y rit en toute sûreté.

Il est peu de tragédies où l'amour soit plus tendre et plus séduisant que dans Bajazet. C'est une de ces pièces qui ne peuvent que déranger des têtes foibles et troubler de jeunes cœurs. Des passions de sultanes ne sont point des exemples d'héroïsme, ni de sagesse. Si l'amour et la vertu s'accordent quelquefois, ce n'est jamais au sérail. Malgré ce vice fondamental, que l'auteur s'est rappelé plus d'une fois sans doute dans ses secrets repentirs, la tragédie de Bajazet est une des meilleures de notre théâtre. L'amour n'en est pas le seul ressort ; la politique et l'ambition y sont mêlés avec art, et le rendent plus noble et plus tragique. Le caractere de Roxane est d'une grande force. Le personnage d'Acomat est au dessus de tout éloge. C'est une vérité généralement reconnue, que la premiere scene de cette tragédie est le chef-d'œuvre des expositions. J'invite les amateurs des belles choses à la relire souvent. Elle est unique dans son genre, et par l'intérêt qui y regne, et par la netteté des faits, et par la béauté des vers. Il y a plusieurs moments de terreur dans le cours de l'action : l'ordre donné par Roxane de fermer le sérail, l'arivée de l'esclave d'Amurat, l'évanouissement d'Atalide, le mot de *Sortez*, prononcé pour derniere réponse par la Sultane à Bajazet, qu'attendent les muets armés du fatal cordon, sans que ce prince en soit averti ; ce seul mot, dis-je, fait frissonner les spectateurs, instruits déja que c'est un signal de mort.

Je ne sais d'où l'on a pris que Boileau trouvoit les vers de Bajazet moins travaillés que ceux des autres pieces de Racine. Ce n'est point là un jugement de connoisseur, moins encore du souverain juge de l'art des vers. Depuis Alexandre, toutes les tragédies de Racine sont également bien versifiées. S'il y a quelquefois des différences, elles naissent uniquement du fond, plus ou moins susceptible de poésie. C'est par-tout la même élégance, la même harmonie, la même majesté ; par-tout la versification la plus soutenue, la plus parfaite qui fut jamais, après celle de Virgile. Si Racine est quelque part

18.

supérieur à lui-même, comme versificateur, c'est
dans Phedre et dans Athalie.

Mithridate est de toutes les tragédies de Racine
celle où il y a le plus de grandes choses, et d'intérêts
différents. Quoique ce vieux roi soit amoureux, de
même que ses enfants, ils ne sont pas tellement remplis de leur amour, qu'ils ne méditent des desseins
importants et conformes à leurs vues. La derniere
défaite de Mithridate, les principales actions de sa
vie ramenées habilement et pour ainsi dire fon-
dues dans la piece, l'invasion qu'il projette, sa haine
implacable contre les Romains, secondée par son
fils Xipharès, les liaisons de Pharnace avec ses
ennemis, et la trahison de ce prince, la puissance
et la fierté de Rome, les victoires de ses généraux,
forment dans cette tragédie un tableau où l'on voit
rassemblé tout ce qui se passoit alors dans l'univers.
Les Romains, sans paroître sur la scene, semblent
néanmoins l'occuper. C'est ainsi que dans la mort
de Pompée on est tout plein de ce héros, sans le
voir sur le théâtre. Ce sont là de ces coups de maître que l'art exécute, mais que le génie seul produit.

On condamnera toujours dans le personnage de
Mithridate la ruse dont ce prince se sert pour découvrir le secret de Monime. Je tranche le mot, ce
détours est bas, et tout-à-fait indigne de la majesté
royale. On dira qu'un homme soupçonneux par habitude et par tempérament, comme l'étoit Mithridate, a recours aux plus vils moyens pour éclaircir
ses soupçons, et que souvent un roi n'a de respectable que sa dignité : je le sais ; mais dans la tragédie
il faut que tout soit grand, que tout soit noble et

auguste : le crime même y doit être exempt de bassesse. Il est vrai que de cette petite ruse il naît des
situations, de l'intérêt, de la terreur, et que nous
lui devons ce moment théâtral, si heureusement dépeint dans ces quatre mots : « Seigneur, vous chan-
« gez de visage ! » Monime est la vertu même ; cependant il y a trop d'amour dans cette tragédie. Je
n'aime point à voir la même princesse écouter tour-
à-tour les déclarations du pere et des enfants.

Que direz-vous de tout ceci, monsieur? en vérité, je rougis de ma confiance et de mon indiscrétion. Je censure sans ménagement un de ces hommes dont on ne doit lire les ouvrages, ni prononcer
le nom qu'avec respect, et j'adresse ma critique à
son fils. Vous en ferez l'usage que vous jugerez à
propos ; et comme je la soumets sans reserve à votre
jugement, je vais la poursuivre et la finir.

Qu'Iphigénie est intéressante ! L'amour y est pa-
ré de toutes les graces de l'innocence et de la pudeur. La fille d'Agamemnon, promise par son pere
au jeune Achille, n'aime dans son amant que l'é-
poux qui lui est destiné. Tous les ressorts de la tragédie sont ici mis en jeu : pitié, pathétique, terreur,
amour de la patrie, amour paternel, amour filial.
Et quelle variété dans le même sentiment ! La tendresse d'Agamemnon pour sa fille n'est point celle
de Clytemnestre. Quelle diversité de caracteres ! La
fierté d'Agamemnon, l'emportement de Clytemnestre, la douceur d'Iphigénie, la colere et l'impétuo-
sité d'Achille, l'éloquence et l'adresse d'Ulysse, la
jalousie d'Eriphile. Quel contraste de passions et
d'intérêts ! intérêt de religion, intérêt d'amour, in-

térêt de politique, intérêt de nation. Cette tragédie
montre encore mieux que Mithridate et Britannicus les ressources qu'avoit Racine pour attendrir
et pour émouvoir sans le ministere de l'amour. Eriphile joue un personnage odieux, mais savamment
imaginé pour amener un dénouement aussi heureux
qu'inattendu.

Un mot suffira pour Phedre. C'est le triomphe
du vrai tragique, et de l'art des vers. Cette tragédie
seroit sans défaut si le sauvage Hippolyte n'aimoit,
au lieu d'Aricie, que son arc, ses javelots et son
char.

Il n'y a donc que bien peu de pieces de Racine
où l'amour soit irréprochable en lui-même, et par
rapport à l'auteur. Dans les unes il n'est point selon les regles exactes de la bienséance et de la vertu;
dans les autres il est étranger au sujet, ou s'empare
trop de l'action.

Après une critique si peu ménagée, on me per-
mettra bien de dire (et pourquoi ne dirois-je pas ce
qu'il est temps aujourd'hui que tout le monde avoue?)
que si l'on faisoit un examen aussi scrupuleux et
aussi détaillé des pieces de Corneille, ce poëte véné-
rable seroit convaincu de plus de fautes dans ce
genre que Racine même. On lui passera l'amour
dans Polyeucte, dans le Cid, dans les Horaces;
mais il est inutile dans Héraclius, indécent dans
la mort de Pompée, ridicule dans Sertorius, insup-
portable dans OEdipe. J'en pourrois citer d'autres
où il n'est pas plus heureusement employé; car de
vingt deux tragédies qui composent le théâtre de
Corneille, il n'y en a pas une seule sans amour. Ra-

cine est le premier poëte françois qui ait fait des tragédies sans cette frivole passion. C'est un avantage
précieux qu'il a sur Corneille, et qu'on ne sauroit
trop faire valoir dans la comparaison de ces deux
grands hommes. On les a souvent mis en parallele ;
mais on n'a jamais dit pour et contre ce qu'il falloit dire. Les admirateurs de Corneille parlent de
Racine comme si ce n'étoit point l'auteur de Britannicus, de Mithridate, de Phedre, et d'Athalie.
Les défenseurs de Racine au contraire n'ont eu ni
la force de l'abandonner sur ses défauts, ni le courage d'attaquer ceux de Corneille, qui sont les
mêmes en matiere d'amour, j'entends l'abus qu'ils
en ont fait l'un et l'autre ; et de trancher la dispute
en disant hardiment qu'Athalie est le chef-d'œuvre
du théâtre et de l'esprit humain.

Et qu'on ne croie pas que par cette préférence
d'ouvrages je veuille m'élever contre la supériorité personnelle de Corneille. Je mets l'Enéide
fort-au-dessus de l'Iliade, en plaçant Virgile fort au-
dessous d'Homere. J'ai lu depuis peu des lettres
fort ingénieuses sur M. de Fontenelle, dont je ne
connois pas l'auteur, et dans lesquelles on daigne
parler de moi avec des éloges qu'assurément je n'ai
point recherchés, et que je ne mérite pas. On dit
dans ces lettres, à l'occasion de l'éternelle dispute
sur Corneille et sur Racine, que le bruit du Parnasse est que le premier gagnera son procès contre
le second. Je pense à peu près de même. Mais il est
vraisemblable aussi que les tragédies de Racine ga-
gneront le leur contre celles de Corneille.

Esther l'a emporté long-temps sur Athalie, et

c'est ce qu'on a de la peine à concevoir; non que j'en estime moins Esther, qui est un fort bel ouvrage; mais, à la versification près, la différence est grande entre ces deux tragédies. La premiere est sans intrigue d'amour, comme la seconde; les sentiments d'Assuérus pour la reine n'étant qu'une tendresse d'époux fondée sur l'estime et sur la vertu. Les beautés de détail sont dans cette piece d'un ordre supérieur. Tels sont particulièrement les deux morceaux sur la puissance de Dieu, l'un dans la bouche de Mardochée au premier acte :

Pour dissiper leur ligue il n'a qu'à se montrer :
Il parle, et dans la poudre il les fait tous rentrer...

L'autre dans la bouche d'Esther au dernier acte :

Ce Dieu, maître absolu de la terre et des cieux,
N'est point tel que l'erreur le figure à vos yeux...

Le caractere et les effets de l'ambition et de l'orgueil ne sont représentés nulle part aussi vivement, ni avec autant de vérité, que dans le personnage d'Aman. J'exhorterois volontiers les ministres et tout homme en place à parcourir quelquefois dans leurs moments de loisir les scenes de ce favori avec Hydaspe et avec Zarès.

Il m'est venu une pensée en relisant Esther. Ne seroit-ce point la piece que M. Racine s'est attaché à versifier avec le plus de force et de correction ? J'ose au moins avancer qu'il n'y a pas dans tout ce poëme un seul vers foible. Quel charme et quelle

énergie de versification! Que d'expressions neuves!
Que de traits hardis!

Il fut des juifs, il fut une insolente race;
Répandus sur la terre ils en couvroient la face:
Un seul osa d'Aman attirer le courroux:
Aussitôt de la terre ils disparurent tous.

C'est dans ce goût-là que la tragédie est écrite
depuis la première scene jusqu'à la dernière. Et sur
cela je demanderois pourquoi l'on dit de tant de
versificateurs qu'on n'oseroit comparer à Racine,
qu'ils écrivent avec force, et qu'on dit de lui simplement qu'il écrit avec élégance. De combien de
tragédies nouvelles n'ai-je point lu dans les extraits
qu'on en donne, ou dans les éloges qu'on en fait,
qu'elles sont *fortement* écrites, que le style en est
fort, que les vers en sont pleins de *force?* Ces expressions que l'on prodigue pour caractériser différents versificateurs, cette *élégance* attribuée à Racine, cette *force* accordée à de jeunes commençants,
signifieroient-elles pour ceux-ci qu'ils réunissent la
force et l'élégance; et pour Racine que l'élégance
exclut la force? De quelque maniere qu'on s'explique, je ne vois dans tout cela que du faux, ou du
malentendu. De beaux vers sont ceux où il y a de
l'harmonie, de la force, et de l'élégance. Sans ces
trois qualités point de versification parfaite. Elles se
trouvent au plus haut degré, selon moi, dans les
vers de Virgile et de Racine. Je m'étendrai quelque
jour là-dessus sans offenser personne en particulier,
mais sans respecter le goût moderne, qui se corrompt
de plus en plus, quoi qu'on en puisse dire.

Le sort d'Athalie est décidé. Elle jouit enfin sur
le théâtre français d'une primauté jusqu'à présent
indisputable, et qui probablement le sera toujours.
Je ne m'arrêterai qu'aux leçons importantes qu'elle
renferme. Cet ouvrage est fait pour corriger et rendre meilleurs les bons rois, pour effrayer les tyrans
et les impies, pour consoler les opprimés, pour
instruire les ministres et les sujets. Le précis de
cette morale salutaire est compris dans les quatre
vers qui terminent la tragédie :

Par cette fin terrible et due à ses forfaits,
Apprenez, roi des juifs, et n'oubliez jamais
Que les rois dans le ciel ont un juge sévere,
L'innocence un vengeur, et l'orphelin un pere.

Je voudrois que tout instituteur de jeune prince
fît apprendre par cœur à son éleve, et lui expliquât
les vers suivants :

De l'absolu pouvoir vous ignorez l'ivresse,
Et des lâches flatteurs la voix enchanteresse.
Bientôt ils vous diront que les plus saintes lois,
Maîtresses du vil peuple, obéissent aux rois ;
Qu'un roi n'a d'autre frein que sa volonté même ;
Qu'il doit immoler tout à sa grandeur suprême ;
Qu'aux larmes, au travail, le peuple est condamné,
Et d'un sceptre de fer veut être gouverné ;
Que s'il n'est opprimé, tôt ou tard il opprime.
Ainsi de piege en piege, et d'abîme en abîme,
Corrompant de vos mœurs l'aimable pureté,
Ils vous feront enfin haïr la vérité ;

Vous peindront la vertu sous une affreuse image :
Hélas ! ils ont des rois égaré le plus sage.

Un ample et judicieux commentaire sur chaque
trait de ce morceau seroit préférable à tous les *ad
usum* faits et à faire. Que le théâtre seroit une excellente école, si on n'y représentoit que des pieces
telles qu'Esther et Athalie ! Doutera-t-on que Racine ne fût capable d'en composer plusieurs du
même genre et de la même beauté ? C'est à ses successeurs, c'est à ceux qui marchent si glorieusement
sur ses traces de grossir le nombre de semblables
tragédies. Son exemple a déja été suivi dans Mérope, avec un succès éclatant et bien mérité. Je connois quelqu'un qui avoit dans son porte-feuille des
essais dramatiques sans amour, avant que Mérope
eût brillé sur la Scene françoise. Cette réusite et
ces tentatives sont le fruit d'une émulation inspi-
rée par Athalie et par Esther. N'oublions pas que si
Corneille est chez les modernes le restaurateur de
la tragédie, Racine est parmi nous le premier auteur
de tragédies sans amour, et qu'il est moins glorieux
de rétablir, de créer, si l'on veut, le théâtre, que
de le consacrer à la vertu, à la religion, et à la piété.

En effet, et je ne dois point omettre cette nouvelle
réflexion, il ne s'est pas contenté de supprimer l'a-
mour dans ses dernieres tragédies ; il a fait plus.
Dégoûté des sources mensongères de la fable, et
des récits souvent fabuleux de l'histoire profane, il
a cherché des sujets dans le sein de la vérité même.
La majesté divine, la grandeur et les vengeances de

l'Etre souverain éclatent dans les ouvrages dont
nous parlons; poëmes d'autant plus instructifs et
d'autant plus effrayants que les événements y sont
conduits par la main toute-puissante qui se fait un
jeu [de l'humiliation des rois et de la destruction
des empires.

C'est ici le lieu de remarquer que Racine a fourni
pour le théâtre François deux carrieres également
brillantes; l'une toute profane qui nous a valu neuf
tragédies; l'autre toute sainte, et malheureusement
de trop peu de durée, puisqu'elle n'a produit qu'Esther et Athalie. Ces deux carrieres, si différentes
l'une de l'autre, ont fini par des époques à peu près
semblables. Phedre, persécutée dans sa naissance par
des ennemis faits pour l'admirer, essuya la rivalité
d'une misérable Phedre de Pradon; et Athalie fut si
peu recherchée dans sa nouveauté, qu'on n'en parla
presque point : tant il est vrai que l'envie, la caba-
le, et singulièrement le mauvais goût, combattent
quelquefois, étouffent même le succès des meilleurs
ouvrages et la réputation des écrivains du premier
ordre. Mais ce sont des efforts vains et passagers : le
temps qui détruit tout, hors la vérité, confond à
la fin l'injustice et l'erreur.

Vous voyez, monsieur, où m'a mené le desir de
vous arracher un ouvrage que je vous ai demandé
si souvent et avec tant d'instance. J'en ai fait un de
mon côté; et c'est, j'en conviens, une espece d'entreprise sur le vôtre, indépendamment de tout ce
que je puis avoir hasardé de repréhensible dans le
cours de mes reflexions. Supprimez cet essai, j'y

consens; le public n'y perdra rien. Mais rendez justice aux sentiments qui me l'ont dicté, à mon zele
pour les lettres, et à mon attachement inviolable
pour vous.

J'ai l'honneur d'être, etc.

Ce 9 novembre 1751.

FIN DE LA LETTRE A LOUIS RACINE.

DISCOURS

PRONONCÉ LE 10 MARS 1760,

PAR LE FRANC DE POMPIGNAN,

LORS DE SA RÉCEPTION A L'ACADÉMIE FRANÇOISE,

A LA PLACE DE MAUPERTUIS.

Mᴇssɪᴇᴜʀs,

Vous avez perdu un homme de lettres et un philosophe. Cette double perte est difficile à réparer.
Quelque goût qu'on ait aujourd'hui pour la littérature et pour la philosophie, les hommes vraiment
lettrés, les vrais philosophes, sont aussi rares que
jamais.

Des prétentions ne sont pas des titres. C'est par le
fruit des études qu'il faut juger de leur succes. On
n'est pas précisément homme de lettres parcequ'on
a beaucoup lu et beaucoup écrit, qu'on possede les
langues, qu'on a fouillé les ruines de l'antiquité ;
parcequ'enfin on est orateur, poëte, ou historien.
On n'est pas toujours philosophe pour avoir fait
des traités de morale, sondé les profondeurs de la
métaphysique, atteint les hauteurs de la plus sublime

géométrie, révélé les secrets de l'histoire naturelle, deviné le systême de l'univers. Le savant instruit et rendu meilleur par ses livres, voilà l'homme de lettres. Le sage, vertueux et chrétien, voilà le philosophe.

Ce n'est donc pas la profession seule des lettres et des sciences qui en fait la gloire et l'utilité. S'il étoit vrai que dans le siecle où nous vivons, dans ce siecle enivré de l'esprit philosophique et de l'amour des arts, l'abus des talents, le mépris de la religion, et la haine de l'autorité, fussent le caractere dominant de nos productions, n'en doutons pas, messieurs, la postérité, ce juge impartial de tous les siecles, prononceroit souverainement que nous n'avons eu qu'une fausse littérature et qu'une vaine philosophie.

Et quels exemples en effet, quelles instructions donneroient au genre humain des gens de lettres présomptueux qui nous enseigneroient à mépriser les plus grands modeles; de prétendus philosophes qui voudroient nous ôter jusqu'aux premieres notions de la vertu; les uns et les autres se déchirant sans cesse entre eux; se poursuivant avec fureur jusqu'au tombeau; décriant respectivement leur esprit, leur ame, leurs mœurs; s'élevant avec une liberté cynique contre ce que la naissance et les dignités ont de plus éminent; faisant tout retentir de leurs cabales, de leurs jalousies, de leurs animosités; et forçant enfin le public à regarder comme un problême, si les lettres, les sciences et les arts ont plus contribué à épurer les mœurs qu'à les corrompre.

19.

De là l'étonnante controverse élevée de nos jours,
et défendue de part et d'autre avec cette force, avec
cet air de conviction qui semblent n'appartenir qu'à
la vérité. Je suis bien éloigné, messieurs, de vouloir applaudir à ce nouveau paradoxe. Ce n'est point
dans le sanctuaire des lettres que j'afficherai l'anathème qui les proscrit. Mais pourquoi le dissimuler?
Ce sentiment si pernicieux dans les conséquences,
si faux dans le principe, se trouve vrai néanmoins
dans l'exception; et malheur au siecle que cette hu-
miliante exception désigneroit! En vain se vante-
roit-il lui-même d'être un siecle de lumiere, de
raison et de goût : ses propres monuments servi-
roient bientôt à le confondre. Les bibliotheques, les
cabinets des curieux, ces dépôts durables de la sagesse et du délire de l'esprit humain, ne justifieroient
que trop l'accusation et le jugement. Ici, ce seroit
une suite immense de libelles scandaleux, de vers
insolents, d'écrits frivoles ou licencieux. Là, dans
la classe des philosophes, se verroit un long étalage d'opinions hasardées, de systèmes ouvertement
impies, ou d'allusions indirectes contre la religion.
Ailleurs, l'histoire nous présenteroit des faits mali-
gnement déguisés, des anecdotes imaginaires, des
traits satiriques contre les choses les plus saintes,
et contre les maximes le plus saines du gouvernement (1). Tout, en un mot, dans ces livres multi-

_____

(1) *Note de l'éditeur.* Pompignan désignoit par
cette phrase l'Essai sur les Mœurs et l'Esprit des Nations, publié pour la premiere fois par Voltaire en 1756;

pliés à l'infini, porteroit l'empreinte d'une littérature dépravée, d'une morale corrompue, et d'une

---

tout le monde n'a pas jugé ainsi de ce bel ouvrage. « C'est, dit La Harpe, le tableau le plus vaste que ja- « mais l'éloquence ait offert à la raison. Entreprise uni- « que en ce genre, et dont on chercheroit en vain le « modele dans l'antiquité . . . . . Cette haute et sublime « idée d'interroger tous les siecles, et de demander à « chacun d'eux ce qu'il a fait pour le genre humain ; de « suivre, dans ce chaos de révolutions et de crimes, les « pas lents et pénibles de la raison et des vertus, « qui l'avoit conçue avant Voltaire ? Si nous avions re- « cueilli de quelque ancien de simples fragments d'un « semblable ouvrage, avec quel respect religieux, avec « quelle admiration superstitieuse on consacreroit ces « restes informes et mutilés ! Quelle opinion ils nous « donneroient de l'élévation et de l'immensité de l'édi- « fice ! Combien de fois nous nous écririons dans nos « regrets : Quel devoit être le génie qui l'a conçu et « achevé ! Que de reproches adressés au temps et à « la barbarie qui ne nous en auroient laissé que les « ruines ! Hé quoi ! faudra-t-il donc toujours que l'ima- « gination adulatrice ajoute à la majesté d'un débris « antique, et que l'œil des contemporains ne s'arrête « qu'avec indifférence ; et même, avec insulte, sur les « chefs-d'œuvre de nos jours ? Y a-t-il cette contrariété « nécessaire entre le regard de l'esprit et l'organe de la « vue ? Et comme pour celui-ci tout s'accroît en se rap- « prochant, et tout diminue par la distance, faut-il que « pour l'autre les monuments du génie s'agrandissent en « s'enfonçant dans la nuit des siecles, et soient à peine « aperçus quand ils s'élevent auprès de nous ? »

M. Palissot s'est exprimé ainsi sur Voltaire historien.

philosophie altiere, qui sape également le trône et
l'autel.

Quelle digue opposer à ce torrent? Un corps lit-

―――――――――――

« C'est principalement dans le genre de l'histoire que
« Voltaire a répandu ces maximes de paix, d'huma-
« nité, de tolérance, qui lui ont donné sur son siecle
« une influence si précieuse. Les oppresseurs y sont
« peints de couleurs si propres à exciter l'indignation ;
« les opprimés y deviennent si intéressants, qu'en lisant les
« ouvrages historiques de ce grand homme, il est peu
« d'ames qui n'éprouvent la douce illusion de se croire
« meilleures. Les calamités de la guerre, celles de l'o-
« pinion, plus terribles encore, enfin les malheurs du
« monde, y sont présentés de maniere à faire desirer
« que l'auteur soit l'historien le plus médité par les gou-
« vernements. L'indépendance des souverains n'est nulle
« part plus respectée et plus solidement établie ; mais les
« droits imprescriptibles de l'homme n'ont jamais eu de
« défenseur plus courageux. C'est, en ce sens, de tous
« les genres que Voltaire a traités, celui qui doit le ren-
« dre le plus cher aux princes, dont il accoutume l'oreille
« à entendre la vérité, et aux peuples, dont il soutient
« la cause en philosophe éloquent et sensible ; c'est celui
« dans lequel il s'est montré le meilleur citoyen, et par
« lequel nous croyons qu'il a le mieux mérité de son
« siecle et de l'avenir..... On a supposé volontiers
« que, dans la longue époque des guerres du sacerdoce,
« Voltaire s'étoit fait un plaisir malin d'exagérer les
« scandales de l'Eglise. Qu'on le compare avec Fleury,
« qui n'est point suspect ; avec Baronius, historien dé-
« voué aux maximes ultramontaines, et on le trouvera
« très modéré. »

Robertson, célebre historien anglais, mais en même

téraire, où les principes qui perpétuent la tradition du goût, des bonnes mœurs, et du respect pour la religion, ne varient jamais ; un corps de qui l'on

---

temps *docteur en théologie et principal de l'université d'Edimbourg,* dit, dans le Tableau des progrès de la société en Europe depuis la destruction de l'empire romain jusqu'au commencement du seizième siecle, tableau qui sert d'introduction à sa belle Histoire de Charles-Quint, qu'il regrette que Voltaire *n'ait pas respecté davantage la religion,* en traitant le même sujet que lui dans son Essai sur les Mœurs et l'Esprit des Nations ; mais il ajoute : « Je l'ai cependant « suivi comme un guide dans mes recherches, et il m'a « indiqué non seulement les faits sur lesquels il étoit im- « portant de s'arrêter, mais encore les conséquences « qu'il falloit en tirer. S'il avoit en même temps cité « les livres originaux où les détails peuvent se trouver, « il m'auroit épargné une grande partie de mon travail ; « et plusieurs de ses lecteurs, qui ne le regardent que » comme un écrivain agréable et intéressant, verroient « encore en lui un historien *savant et profond.* »

« On a affecté, dit un savant écrivain (sa modestie « ne me permet pas de le nommer), de ne voir dans « Voltaire que l'ennemi de la religion chrétienne, lors- « qu'il ne s'élevoit que contre les abus qu'on en faisoit, « contre l'ambition de ses pontifes, la fortune de son « clergé, le danger et l'inutilité de sa milice. Il falloit « peut-être le louer du courage avec lequel il a exposé « ce vice des constitutions européennes, et lui rendre « grace d'avoir ramené les nations à des idées plus saines « qui, sans blesser le christianisme, assureront désor- « mais et la paix des peuples *et la juste et nécessaire* « *autorité de leurs gouvernements.* »

puisse publier qu'il est tel aujourd'hui qu'il fut
dans son origine, et qu'il sera jusqu'aux derniers
temps; un corps toujours animé de l'ame des Corneille et des Bossuet; pour tout dire, enfin, la compagnie célébre dans laquelle, appelé, messieurs, par
vos suffrages, j'ai l'honneur d'être admis aujour-
d'hui.

C'est pour remplir, pour perfectionner, s'il étoit
possible, le plan de votre institution, que depuis
quelques années vous avez voulu vous associer des
philosophes illustres qui avoient déja senti la nécessité de cultiver les lettres, pour donner aux sciences plus d'éclat et plus d'agrément. Votre choix
n'est tombé que sur des cœurs droits, sur des esprits vigoureux, mais sages, qui n'ont apporté
parmi vous que des sentiments épurés sur tout ce
qui fait l'objet de notre culte et de notre vénération.

M. de Maupertuis fut un des premiers que l'académie des sciences vous offrit. Il étoit homme de
lettres, ses écrits en sont la preuve. Il étoit philosophe, sa mort nous l'a mieux appris encore que
ses écrits.

Il avoit porté les armes pendant sa jeunesse. Il
quitta le service, où il occupoit un poste honorable,
pour se livrer aux lettres, et principalement aux
sciences. Mais au milieu de ses études il retrouva
plus d'une fois sa premiere destination; et l'on
peut dire que, soit dans ses expéditions astronomi-
ques, soit dans les campagnes qu'il fit à la suite
d'un roi belliqueux, le courage du guerrier lui fut
souvent aussi nécessaire que la fermeté du philoso-

phe. L'estime et les bienfaits de ce même prince l'a-
voient attiré en Allemagne; des liens indissolubles
l'avoient fixé à Berlin. Il y fut quelque temps heureux, si un François peut l'être ailleurs que dans sa
patrie, et sous un autre roi que le sien.

La présidence et la direction d'une académie flo-
rissante furent confiées à ses soins. On sait que cette
compagnie embrasse toutes les parties des hautes
sciences et de la littérature. Ses mémoires sont enri-
chis de différents morceaux de M. de Maupertuis
dans des genres si opposés. On y reconnoît partout
un membre distingué de l'Académie françoise et de
l'académie des sciences. Quelques matières qu'il
traite, son style est énergique, naturel, clair, et
correct. Il possédoit toutes les richesses de notre
langue, et les employoit, non pas en rhéteur, mais
en philosophe.

Un géomètre, un métaphysicien qui sait bien sa
langue, la sait mieux que le simple grammairien.
Celui-ci d'ordinaire ne connoît qu'une méthode ina-
nimée, qu'une théorie, pour ainsi dire extérieure,
et qui ne pénètre point le mécanisme interne et primitif des langues. L'autre, au contraire, accoutumé
aux méditations profondes, à l'analyse, au calcul,
combine les règles de la langue avec les opérations
de l'esprit, la suit pas à pas, remonte à son origine,
saisit l'instant où les premiers mots naquirent des
premières sensations. Revenant ensuite sur la for-
mation progressive et développée du langage, il
l'aperçoit dans le progrès et dans le développement
des idées. Plein de cette analogie et de ces rapports,
il découvre dans sa source le système grammatical.

Il voit que chaque chose a son mot propre, et qui
ne peut être suppléé qu'imparfaitement; que les diverses facultés de l'ame, que le sentiment, que nos
perceptions et leurs nuances ont créé par l'organe
de la voix des signes représentatifs qui leur conviennent; que les modifications de la pensée ont
produit les modes du discours, et qu'à considérer
les choses dans leur essence, l'art de parler appartient plus qu'un autre au raisonnement, et n'a pas
peu contribué à le former. C'est par cette grammaire
philosophique qu'il se garantit de l'abus des mots,
tant reproché par Locke à tous les écrivains en général. C'est elle qui lui apprend à s'exprimer avec
autant d'ordre et de netteté qu'il conçoit, et à caractériser son style par cette heureuse propriété des
termes, qui seule fait l'exactitude et la justesse de
l'expression.

Ces traits distinctifs se font remarquer dans les
écrits de M. de Maupertuis. Nous avons de lui des
Réflexions philosophiques et une Dissertation sur
les langues. Il y a dans ces deux morceaux des vues
nouvelles, des principes féconds; et si on les exa-
mine sur-tout du côté du style, ainsi que ses autres
ouvrages, on avouera que nul écrivain n'a mieux
connu, ni mieux fait sentir la valeur réelle des expressions, et la signification rigoureuse des mots.

Ce n'est pas que son élégance et sa précision géo-
métriques n'aient paru quelquefois un peu seches.
Je joins ici la critique à l'éloge, et ce n'est guere
l'usage en pareille occasion. Mais quand on loue
des philosophes, ce doit être à leur manière, sans
flatterie et sans partialité. D'ailleurs cette ombre

imperceptible n'obscurcira point le tableau des talents de ce respectable académicien. J'oserois même, si mon sentiment étoit de quelque poids, j'oserois combattre sur ce point les censeurs de M. de
Maupertuis, et je dirois qu'il seroit à souhaiter que
le procédé du géometre s'introduisît plus souvent
dans les ouvrages de littérature. Ils en seroient
moins chargés de vains ornemens et de digressions
étrangeres au sujet, moins enflés de citations inutiles, mieux discutés, plus solides, plus instructifs.

J'ajouterai que si, de l'aveu de M. de Maupertuis,
on a pu reprocher à quelqu'un de ses ouvrages *un
style triste et sec*, ce sont ses propres termes, il a
bien montré dans d'autres écrits qu'il ne manquoit
ni de sentiment ni d'imagination, et que la nature,
en lui ordonnant d'être géometre et physicien, lui
avoit permis d'être poëte et orateur.

Il devint orateur par nécessité, et, comme il le
dit lui-même, pour remplir les fonctions de sa
charge; il se trouva qu'il étoit né éloquent. Il écrivit sur la génération des animaux, et sous sa plume
naquit de la poésie.

Que d'agrément, que d'images ravissantes dans
sa Vénus physique! Ceux qui n'en connoissent l'auteur que comme un savant livré à tout ce qu'il y a
d'austere et d'abstrait dans les connoissances humaines seront étonnés du charme inexprimable qui
regne dans plusieurs morceaux de cet ouvrage.
On croiroit quelquefois qu'il traduit Homere ou
Milton.

Le discours sur la mesure de la terre au cercle
polaire présente au lecteur les mêmes traits de gé-

nie. Tandis qu'environné de pendules, de quarts
de cercle, de secteurs et de tout l'arsenal des ma-
thématiques, il détermine avec ses dignes compagnons la direction d'une longue suite de triangles;
que sur des couches multipliées de neige il mesure,
la perche à la main, une base de trois lieues de lon-
gueur, et qu'il expose à la nation des astronomes le
résultat lumineux de ses opérations; son pinceau
toujours varié joint au détail de ces travaux le spectacle nouveau pour nous, des terres, des habitants,
et des cieux voisins du pôle. Il peint avec tant de
chaleur, avec tant de vérité, qu'il nous transporte
aux lieux mêmes qu'il décrit. On escalade avec lui
les sommets de l'Horrilakero; on le suit sur les eaux
glacées du Tornéa; on vole à ses côtés sur les traî-
neaux fragiles du Lapon.

A cet art de peindre, aux talents de l'esprit, il
unissoit le goût de la bonne littérature. Admirateur
des anciens, il les avoit lus et médités. Il s'en sert
souvent, et l'on peut juger par ses ouvrages que
les poëtes, les orateurs et les historiens de l'antiquité lui étoient également connus. Ce sont là nos
maîtres, ils le seront toujours. Je dis plus; ils sont
des modèles pour les genres mêmes qu'ils ont igno-
rés, et ceci n'est point un paradoxe. C'est qu'ils
ont puisé dans la nature toutes les regles de l'art;
c'est qu'ils ne s'écartent jamais du vrai, de ce vrai
qui *seul est beau*, qui *seul est aimable*, comme l'a
caractérisé l'Horace françois; et que, dans toute
sorte de littérature, dans toute production du génie, soit qu'on invente, soit qu'on perfectionne,
ce vrai primitif et universel ne sauroit ressembler

qu'à lui-même. Tel est le sceau ineffaçable de ces chefs-d'œuvre immortels, qui font tant d'honneur à la Grece et à Rome. Appliquons à leurs auteurs en général ce que Quintilien disoit de Cicéron en particulier, et croyons que ceux-là seulement sont gens de lettres qui connoissent le mérite et le prix des anciens.

La lecture de leurs écrits n'est pas moins utile au cœur qu'à l'esprit. Ils nous apprennent que le véritable amour des lettres ne consiste pas seulement à exceller dans les genres qu'on a choisis ; mais qu'il nous porte encore à partager le succès de nos émules, et nous oblige à concilier à nos études la confiance et le respect du public.

Quelle estime aura-t-il pour des hommes qui se méprisent ou qui feignent du moins de se mépriser mutuellement ? La haine les aveugle et les perd. Imprudents, qui pour la satisfaction cruelle de décrier un livre, ou de diffamer un rival, se privent eux-mêmes des fruits inestimables de leur art. Ils pouvoient s'immortaliser par leurs travaux : ils n'immortaliseront peut-être que l'opprobre affreux dont ils couvrent la profession d'homme de lettres, et que le triste emploi de leurs talents.

On n'accusera point de pareils excès M. de Maupertuis, ni comme homme de lettres, ni comme philosophe. Il est modeste, ingénu dans ses écrits ; pensant juste, sans commander aux autres de penser comme lui. Ce ne sont point de ces décisions hautaines qui révoltent l'amour propre contre l'instruction, souvent même contre la vérité. Il doute, il propose, il éclaircit. Il ne donne à ses opinions littéraires ou philosophiques ni l'ambiguité affectée des oracles, ni le langage imparfait des lois. Ce caractere de retenue, de sagesse et de candeur ne s'est point démenti dans les circonstances qui pouvoient, ce semble, l'altérer. Des contestations sur une découverte de physique lui avoient attiré de fâcheux démêlés; mais il ne s'en souvenoit qu'en philosophe, et ce qu'il m'en a dit lui-même, faisoit l'éloge de son cœur sans nuire à la réputation de ses adversaires.

De plus rudes épreuves l'attendoient. Les malheurs de l'Allemagne furent le commencement des siens. Quelle fut sa situation, quand il vit le roi de Prusse allumer le flambeau d'une guerre qui devoit armer la France contre lui! Concevons l'état pénible et douloureux où M. de Maupertuis dut alors se trouver. D'un côté c'est son souverain naturel, un souverain qu'il voyoit l'idole de sa nation, et dont la clémence et la douceur sont célébrées chez tous les peuples de l'Europe. De l'autre c'est un roi généreux, qui se l'est attaché par des établissements aussi utiles qu'honorables; un roi doué de qualités brillantes, que la France a long-temps chéries dans son allié, et qu'elle admire encore dans son ennemi. Ses vœux n'étoient point partagés; mais son cœur pouvoit l'être. Il étoit né François, il en eut toujours les sentiments. Son état le lioit à la Prusse; il y avoit ses emplois, sa fortune, une épouse enfin; c'est-à-dire, le bien le plus cher et le plus sacré qu'on puisse posséder sur la terre.

C'est dans ces conjonctures que la constance humaine a besoin de toutes ses forces. Il manquoit en-

comptant aux disgraces de M. de Maupertuis les infirmités du corps et les menaces d'une mort prochaine.
Tout cela ne tarda pas à se réunir. Le dépérissement
visible de sa santé, des maux presque irrémédiables
lui annoncèrent bientôt sa fin. Il s'étoit séparé malgré lui d'une épouse aimable et vertueuse. C'eût été
dans ces moments sa plus douce consolation. Il la
desiroit, il se la refusa. Livré à lui-même, la philosophie le soutint dans l'infortune et dans les douleurs, répandit le calme dans son esprit, lui tint
lieu de tout ce qu'il alloit perdre, de ses biens, de
ses emplois et de l'unique objet qui l'attachoit à la
vie.

Mais à quelle philosophie eut-il recours? Implo-
ra-t-il, comme tant d'autres, cette sagesse purement
humaine, qui prétend tirer de son propre fonds ses
ressources et ses vertus; qui ne veut rien devoir à la
religion, qui la proscrit même; qui ravit à l'homme
la spiritualité de son ame, pour ne lui laisser que
des passions grossieres, et qui le dégrade et l'avilit
sous prétexte de le rendre heureux? cette philosophie trompeuse qui dément ses maximes par ses actions; qui déclame tout haut contre les richesses,
et porte envie secrètement aux riches; qui montre
du mépris pour les dignités, et desire de les obte-
nir; qui recommande aux hommes la sociabilité, et
cherche à perdre ses rivaux; qui se dit l'organe de
la vérité, et sert d'instrument à la calomnie; qui
vante sa modestie et sa modération, et se nourrit
d'emportement et d'orgueil? cette philosophie dont
les sectateurs, fiers et hardis la plume à la main,
sont bas et tremblants dans la conduite; qui n'ont

20.

rien d'assuré dans les principes, rien de consolant dans la morale, point de regle pour le présent, point d'objet pour l'avenir; qui se jouent de leurs opinions, les soutiennent, les abandonnent, suivant leur crainte ou leurs besoins, et dont les exemples sont aussi dangereux que les leçons?

Avec de tels guides, vainement courons-nous après le bonheur. Ce fantôme s'évanouit dans le tourbillon d'idées confuses où l'on croyoit le fixer. Il ne nous en reste que de l'inquiétude, de l'agitation, et qu'un vide immense qui s'agrandit toujours devant nos desirs.

Peut-être, messieurs, que cette philosophie qui n'a point l'art de nous procurer une vie heureuse a du moins le secret de nous apprendre à mourir. Mais c'est où l'insuffisance et la foiblesse de son appui se démontrent plus que jamais. Qu'offre-t-elle dans leurs derniers moments aux infortunés qu'elle a séduits? Quel soulagement apporte-t-elle aux douleurs du corps, aux troubles de l'esprit? Que nous fait-elle envisager? la matérialité de l'ame et l'espérance de sa destruction. Je dis l'espérance, car aucun des partisans de cette monstrueuse philosophie n'a osé parler encore de certitude à cet égard. D'où il arrive qu'aux approches de la mort la plupart des incrédules, mal affermis dans leur doctrine, passent de l'incertitude au désespoir, et que les plus courageux sont ceux qui tombent alors dans un étourdissement stupide, ou dans une morne insensibilité.

Ce ne fut pas dans les bras de cette philosophie que M. de Maupertuis chercha du remede à ses

maux, et qu'il voulut terminer ses jours. Celle qu'il
avoit cultivée étoit bien différente ; et dans les derniers temps de sa vie il ne la sépara plus des lumieres de la religion.

C'est dans cet assemblage heureux que le philosophe chrétien trouve encore plus de secours et de
consolation qu'un fidele moins instruit. Ses études
ont fortifié sa foi. Il n'a point acquis de connoissances qui ne soient pour lui de nouveaux motifs
de croire ; mais il n'en connoit que mieux aussi le
néant du savoir et de la réputation littéraire. M. de
Maupertuis en étoit venu là par degrés. Plus la fin
de sa carriere approchoit, et plus la religion opé-
roit en lui le détachement de tout ce que l'amour-
propre a de plus cher. Il employa les derniers mois
de sa vie à méditer sur les vérités éternelles de la religion. Jamais il ne montra plus de courage et de
douceur. La sérénité de son visage, la tranquillité
de son esprit, sa patience inaltérable dans les douleurs, étoient l'effet sensible de ces salutaires réflexions. Il remplit ses devoirs de chrétien, non pas
avec cette décence affectée, qui ne suppose qu'un
respect extérieur pour le culte reçu, mais avec les
marques les moins douteuses d'une foi pleine et entiere, et d'une résignation parfaite.

Personne n'a été plus jaloux que lui de la réputation de chrétien sincere et décidé. Des écrivains,
très suspects d'ailleurs dans leur croyance, ayant
voulu, sans doute pour se prévaloir de l'autorité
de son suffrage, trouver dans ses écrits des principes contraires à la religion, ou en tirer des conséquences dangereuses, il se plaignit hautement de

cette injustice, et dissipa jusqu'aux plus légers
soupçons qui auroient pu s'élever contre lui.

. Observons ici, messieurs, et je me flatte que
vous me saurez gré d'une remarque trop importante
pour la laisser échapper; observons que ses justifi-
cations sur cette matiere n'étoient point vagues, ni
captieuses, et qu'on n'y démêloit point cet orgueil
secret qui s'irrite plus du reproche, qu'il ne cherche à s'en disculper. Il ne s'enveloppoit pas dans
des subterfuges, dans des protestations générales de
vénération et de respect pour la beauté des livres
saints, et pour la morale de l'évangile, toutes choses que l'idolâtre, le musulman, le déiste même,
pourroient dire et penser comme le chrétien. Ses
assertions sur ce point n'étoient pas équivoques.
Nous avons dans plusieurs endroits de ses ouvrages des garants incontestables de sa foi. Il adoroit et
croyoit la doctrine du christianisme, les mysteres,
la révélation. Que ceux qu'on soupçonneroit d'incrédulité prononcent ce mot. Toute autre apologie
est superflue ; qui croit la religion révélée croit
tout.

Ce seroit donc sans succès que les incrédules voudroient s'appuyer des sentiments de M. de Manper-
tuis. Quoi qu'ils disent, quoi qu'ils écrivent, son
nom ne grossira point le nécrologe des esprits forts.
Pour vous, messieurs, qui verriez avec douleur les
moindres écarts d'un de vos confreres, vous n'au-
rez jamais de doute ni de regret sur les mœurs, ni
sur la religion de l'homme illustre que vous avez
perdu ; et vous conserverez avec joie dans vos fastes
la mémoire d'un académicien qui sut unir la vraie

ittérature à la saine philosophie. Une attention scrupuleuse à choisir des hommes qui lui ressemblent soutiendra la grandeur et la dignité de votre établissement.

Cette compagnie a été fondée par un homme d'état, qui étoit en même temps un grand homme de lettres, et qui, de toutes les parties de la philosophie, possédoit éminemment la plus noble et la plus utile, l'art de gouverner. Il falloit que votre fondateur eût toutes les qualités, tous les talents qu'on peut desirer dans un académicien lettré, et dans un ministre philosophe. Sans cela, votre institution n'eût été qu'imparfaite et peu solide.

Avant le cardinal de Richelieu, de grands souverains, des ministres éclairés avoient chéri les sciences et les beaux arts, encouragé ceux qui s'y distinguoient. Leur regne ou leur ministere en avoit reçu de l'éclat; leurs nations s'en étoient avantageusement ressenties. Mais les effets de cette protection étoient passagers comme elle. L'empire des lettres n'avoit encore acquis chez aucun peuple poli une consistance fixe, qui le mît à l'abri des révolutions causées par l'ignorance ou par le mauvais goût. Les protecteurs des talents n'avoient été que d'illustres amateurs. Les académies qui existoient déja en Europe n'étoient que des sociétés littéraires abandonnées à elles-mêmes, qui dépendoient du zele plus ou moins ardent de leurs membres, et qui ne faisoient pas partie du corps politique de l'état.

Richelieu concevoit tout en grand, et l'exécutoit de même. Il n'aimoit pas les lettres seulement pour l'utilité particuliere, ou pour le plaisir qu'il en

pouvoit retirer. Il ne bornoit pas son administra-
tion à jouir durant sa vie de cette plénitude de pouvoir et de cette tranquillité personnelle que des
hommes d'état, qui n'en avoient que le nom, ont
souvent achetées, ou par des guerres injustes, ou
par des traités de paix honteux, ou par des négo-
ciations ruineuses. Son ambition servoit son maître
et la France. Il vouloit qu'après sa mort, comme
dans le cours de son ministere, son roi fût le plus
grand roi du monde, et les François la premiere nation de l'univers. Pour parvenir à ce but, trois
moyens lui étoient également nécessaires; la réputation de nos armes; le nerf et la stabilité du gouvernement politique; l'encouragement et le progrès
des sciences, des lettres et des arts.

Mais dans quel état se trouvoit alors la France
par rapport à ces trois objets? Puissante, heureuse,
respectée pendant le dernier regne, elle étoit retom-
bée dans l'anarchie, pourquoi ne dirois-je pas dans
l'avilissement? Nos armées, commandées par des
favoris, demandoient en vain des généraux. Les ennemis du royaume avoient repris de toutes parts
leur ancienne supériorité. Cette politique de Henri-
le-Grand, si franche et si droite, mais si vaste et si
éclairée, et qui avoit gouverné tous les cabinets de
l'Europe, se voyoit réduite à de petites intrigues de
cour, et rampoit devant l'incapacité mystérieuse du
ministere espagnol. Notre littérature, elle étoit
nulle. Les arts, ils nous venoient de l'étranger. Les
sciences, Descartes n'avoit point paru. Corneille
lui-même se laissoit à peine entrevoir dans la médio-
crité de ses premiers essais. Richelieu se montre; il

prend les rênes du gouvernement. Tout se développe, tout se régénère. Le secret et l'habileté ren-
trent dans nos conseils ; nos armes triomphent ; la
révolte est abattue, l'hérésie forcée dans ses remparts ; les lettres fleurissent, les talents renaissent,
les arts se perfectionnent ; les cours étrangères se
troublent, leurs projets sont déconcertés ; la face de
l'Europe est changée, et le génie créateur d'un seul
homme enfante en un clin d'œil cette prodigieuse
révolution.

C'est de ces matériaux dispersés et presque inconnus, que Richelieu construisit l'édifice immortel
de la puissance et de la grandeur de cet empire. La
fondation de cette compagnie fut un des principaux
ornements de son ouvrage. Il l'institua, non pour
en former une simple association de beaux esprits
et de gens de lettres, mais pour établir un corps
qui fût spécialement chargé du dépôt de la langue
françoise, et c'est un des traits qui marquent le
mieux l'étendue et la profondeur de ses vues. Par
là notre langue, dont il jugeoit la conservation précieuse au gouvernement, et nécessaire à la splendeur de l'état, ne dépendoit plus de l'inconstance
et des caprices de la nation. L'usage, ce souverain
absolu des langues, n'en conservoit pas moins ses
droits ; mais cet usage n'est pas toujours suffisamment reconnu. L'académie seule en fait l'application, ou en déclare la légitimité ; semblable aux
tribunaux qui sont eux-mêmes soumis aux lois dont
l'exécution leur est confiée.

Remplis de cet esprit, fideles aux principes de
votre instituteur, vous veillez, messieurs, sur la

destinée de la langue françoise, et vous distinguez
les acquisitions qui l'enrichissent d'avec les innova-
tions qui l'alterent. Justement prévenus contre l'a-
mour outré du nouveau que produit la disette du
neuf, vous rejetez tout ce qui n'a que le mérite de
la singularité; et ce qui caractérise bien le goût
uniforme et sûr, et la littérature philosophique, qui
président à vos travaux, c'est que nul académicien
n'a essayé d'y faire prévaloir ses systèmes particuliers, et que chacun de vous s'attache au plan général, comme si c'étoit le sien propre. Accord pa-
triotique, intelligence de citoyens, sans laquelle
les changements moins bizarres qu'inconséquents
qu'on a voulu introduire dans l'orthographe, et un
déluge de mots inventés arbitrairement, eussent
déja rendu méconnoissable la plus sage et la plus
utile des langues modernes.

Ainsi le système littéraire du cardinal de Richelieu a eu son entier accomplissement, puisqu'il a
mis la langue et l'Académie françoise dans l'heureuse nécessité de conserver perpétuellement leur
forme et leurs lois.

Ce grand homme sentoit bien, messieurs, qu'il
communiquoit à votre établissement tout ce qui
pouvoit le préserver des vicissitudes humaines. Il
assuroit le sort de l'Académie, il préparoit ses beaux
jours; mais il lui laissoit des accroissements de
gloire à desirer. Elle méritoit d'appartenir au trône.

Louis-le-Grand, ce roi qui eut autant de justesse
dans l'esprit que d'élévation dans l'ame, et qui ne
tint que de lui seul l'art de régner, avoit porté sa
vigilance et ses soins sur toutes les branches du

gouvernement, et sur les différentes parties de l'état. Il jeta les yeux sur l'Académie françoise; il en connut l'importance et l'utilité, et voulut que cette compagnie fût à l'avenir, comme les premiers corps de son royaume, sous sa protection directe, et sous ses regards immédiats. Il daigna donc succéder, en qualité de protecteur, au chancelier Seguier, dont la mémoire sera révérée tant qu'il y aura des magistrats et des gens de lettres.

Ce bienfait fut pour l'Académie un nouveau lien qui l'attachoit plus étroitement au service et à la gloire de ses maîtres. Grace aux vues politiques de son fondateur, adoptées par nos souverains, elle a, de même que les divers ordres de l'état, une portion considérable de la réputation du nom françois à soutenir. Tandis que nos tribunaux se signaleront par un zele désintéressé pour la justice et pour les lois, que nos légions combattront avec valeur pour le bien de la patrie, que notre commerce et les arts fleuriront, que nos négociateurs soutiendront dans les cours étrangeres la dignité de cette monarchie, l'Académie françoise conservera pour tous, dans son élégance et dans sa pureté, cette langue devenue presque universelle, et que tant de peuples de l'Europe ne peuvent employer, comme ils le font, dans leur jurisprudence, dans leurs actes publics, dans leurs traités, dans le cours ordinaire de la vie, sans rendre hommage en quelque sorte à la prééminence de notre nation.

L'univers en est témoin, messieurs. Cette prééminence, en vain contestée, a souvent armé contre nous des voisins ambitieux; comme si ce peuple,

que nous savons estimer, malgré ses préjugés injustes, pouvoit par la haine qu'il nous porte, ou par
des mépris affectés, diminuer la supériorité que les
François se sont acquise à tant d'égards. Répondez-
moi, hommes aveuglés par vos succès, et qui pré-
tendez être aujourd'hui les seuls philosophes de la
terre : où trouverez-vous cette philosophie naturelle
du droit des gens, si précieuse à l'humanité ? Est-ce
dans les hostilités que vous avez exercées contre
nous sans motifs ni déclaration de guerre, ou dans
la modération d'un roi magnanime, qui pouvoit,
avant la derniere paix, pousser si loin ses conquêtes, multiplier tellement ses victoires, que ses ennemis en eussent été accablés? Vous l'avez reçue de
lui cette paix pour laquelle il combat encore, et
qui n'est pas moins l'objet de ses vœux que de ses
traités. Elle renaîtra sans doute, et vous en connoî-
trez mieux le prix. Puisse-t-elle alors n'être plus
exposée à des infractions arbitraires ! Puissions-
nous, François, Anglois, Allemands, ne plus res-
pirer que l'avantage commun de tous les peuples, et
que l'amour du genre humain !

Pour nous, sujets d'un roi que nous chérissons,
et qui nous aime, applaudissons-nous de concourir
à des desseins qui ne tendent qu'au rétablissement
de la félicité publique et de la tranquillité des nations. La cause la plus juste est souvent éprouvée
par des disgraces. La France a quelquefois essuyé
des revers qui eussent détruit toute autre puissance
que la sienne. Mais elle a toujours trouvé des ressources dans le courage inébranlable de ses rois,

dans son amour inviolable pour eux, et dans l'orgueil même de ses ennemis.

Et ne seroit-ce point par l'ivresse de leur joie qu'ils nous annonceroient leur prochaine humiliation? Souhaitons du moins que désabusés de l'idée chimérique de nous imposer des lois, ils ouvrent les yeux sur leurs véritables intérêts. Les nôtres sont inséparablement liés à la gloire du souverain qui nous gouverne. Persuadé que la paix n'est pas moins nécessaire à ses peuples qu'au reste de l'Europe, il est pénétré de leurs besoins ; il sent leurs malheurs ; il se les exagere peut-être à lui-même, et cela seul, messieurs, suffiroit pour les adoucir. Mais, que dis-je ? les François unis entre eux, fideles à leur devoir, chers à leur roi, ne seront jamais malheureux.

FIN DU DISCOURS DE RÉCEPTION.

NOTE DE L'EDITEUR

Sur une dissertation de Pompignan relative à l'hymne intitulé : *Pervigilium Veneris* (veillée des fêtes de Vénus), et faussement attribué à Catulle.

VOLTAIRE disoit à Pompignan, dans une lettre qu'il lui écrivoit le 30 octobre 1738 (l'une de celles dont j'ai parlé dans ma Notice) : « J'ai lu avec une « satisfaction très grande votre dissertation sur le « *Pervigilium Veneris*. C'est là ce qui s'appelle de « la littérature. Madame la marquise du Châtelet,

« qui entend Virgile comme Milton, a été vivement
« frappée de la finesse avec laquelle vous avez trouvé
« dans les Géorgiques l'original du *Pervigilium*.
« Vous êtes comme ces connoisseurs nouvellement
« venus d'Italie, tout remplis de leur Raphaël, de
« leur Carrache, de leur Paul Veronese, et qui dé-
« mêlent tout d'un coup les pastiches de Boulogne ».
Malgré cet éloge assurément très flatteur pour Pompignan, je n'ai pas cru devoir faire réimprimer une
dissertation, à la vérité, très convaincante, mais dans
laquelle, en dernier résultat, l'auteur s'est borné à
démontrer, pour me servir de ses propres expressions, qu'en confrontant ce vers du second livre des
Géorgiques,

Vere tument terræ, et genitalia semina poscunt,

et les dix-huit vers suivants, avec le *Pervigilium
Veneris*, « on reconnoît, du premier coup d'œil,
« que les idées de Virgile sont répandues dans
« l'hymne de Vénus, et qu'elles ont été le moule de
« ce petit poëme ». Le lecteur ainsi mis sur la voie,
pourra lui-même vérifier le fait; il verra qu'un
hymne évidemment puisé dans un passage des Géorgiques, ne peut être de Catulle, mort treize ans avant
la naissance de l'auteur de ce bel ouvrage. D'ailleurs
on est maintenant d'accord que le style du *Pervigilium* n'est pas du beau siecle de la latinité, auquel
Catulle a appartenu; ce qui acheveroit de lever tous
les doutes, s'il en pouvoit exister encore, après la
découverte de Pompignan.

TABLE DES PIECES

CONTENUES

DANS CE SECOND VOLUME.

POÉSIES DIVERSES.

OEUVRES DIVERSES.

FIN DE LA TABLE ET DU DERNIER VOLUME.

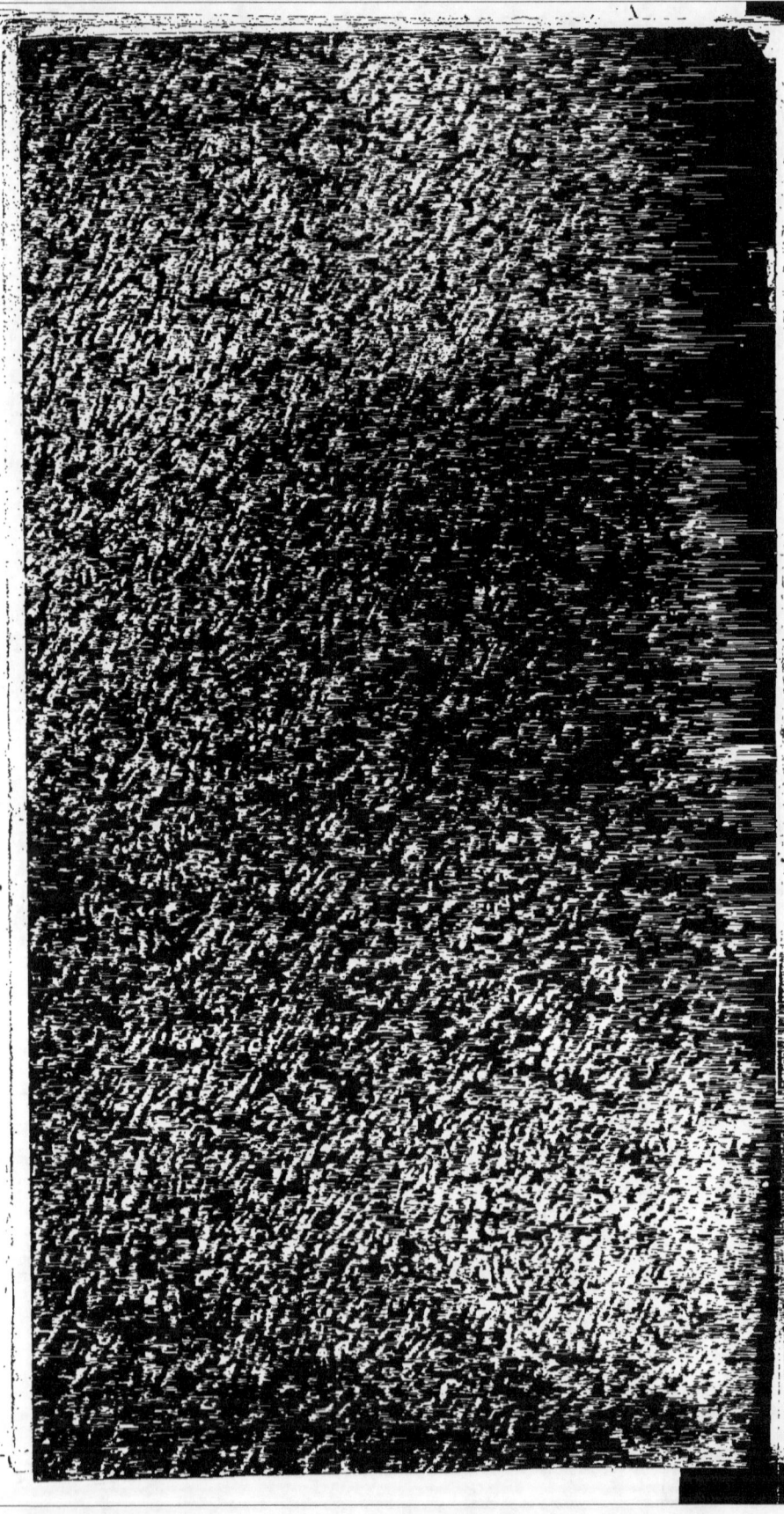

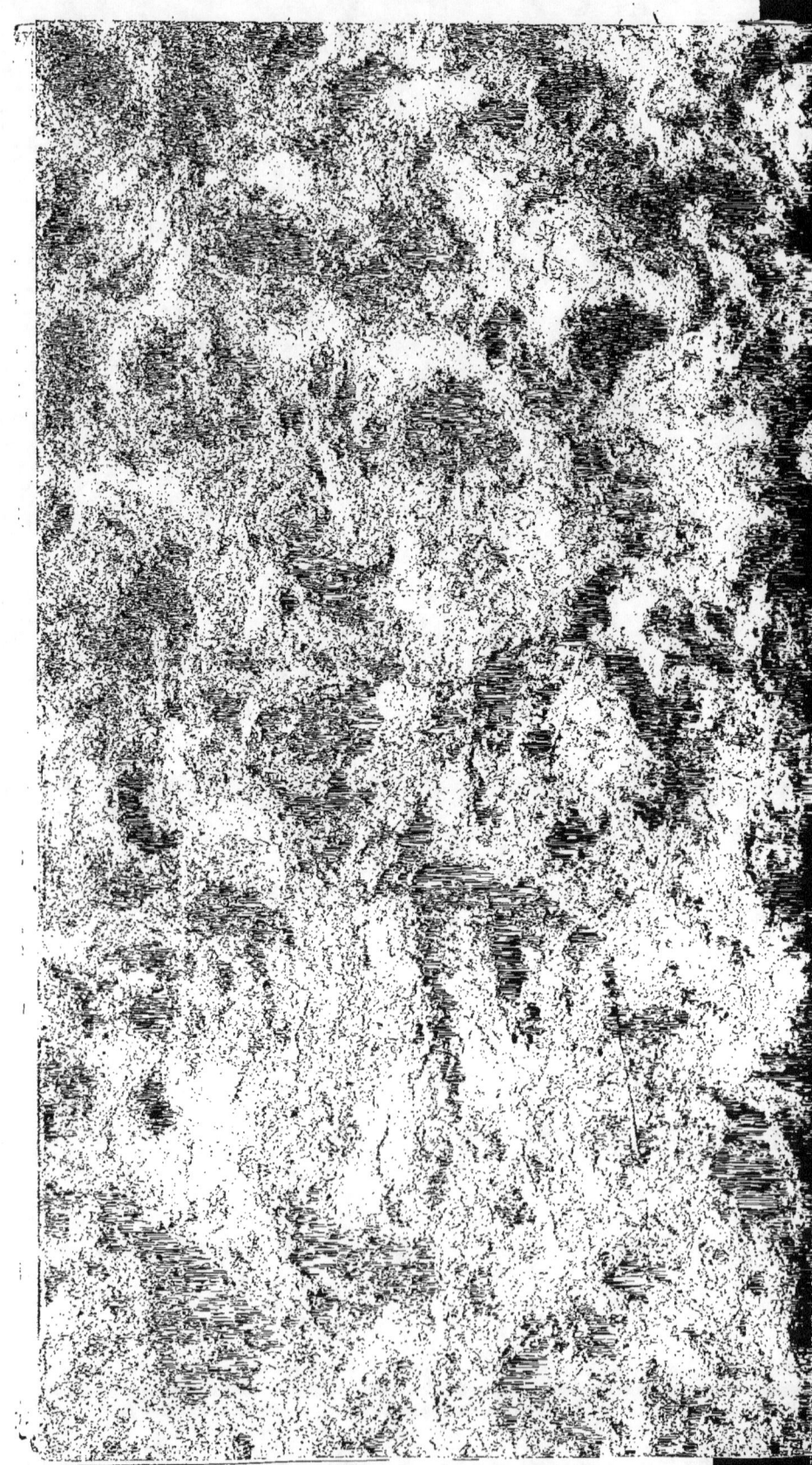

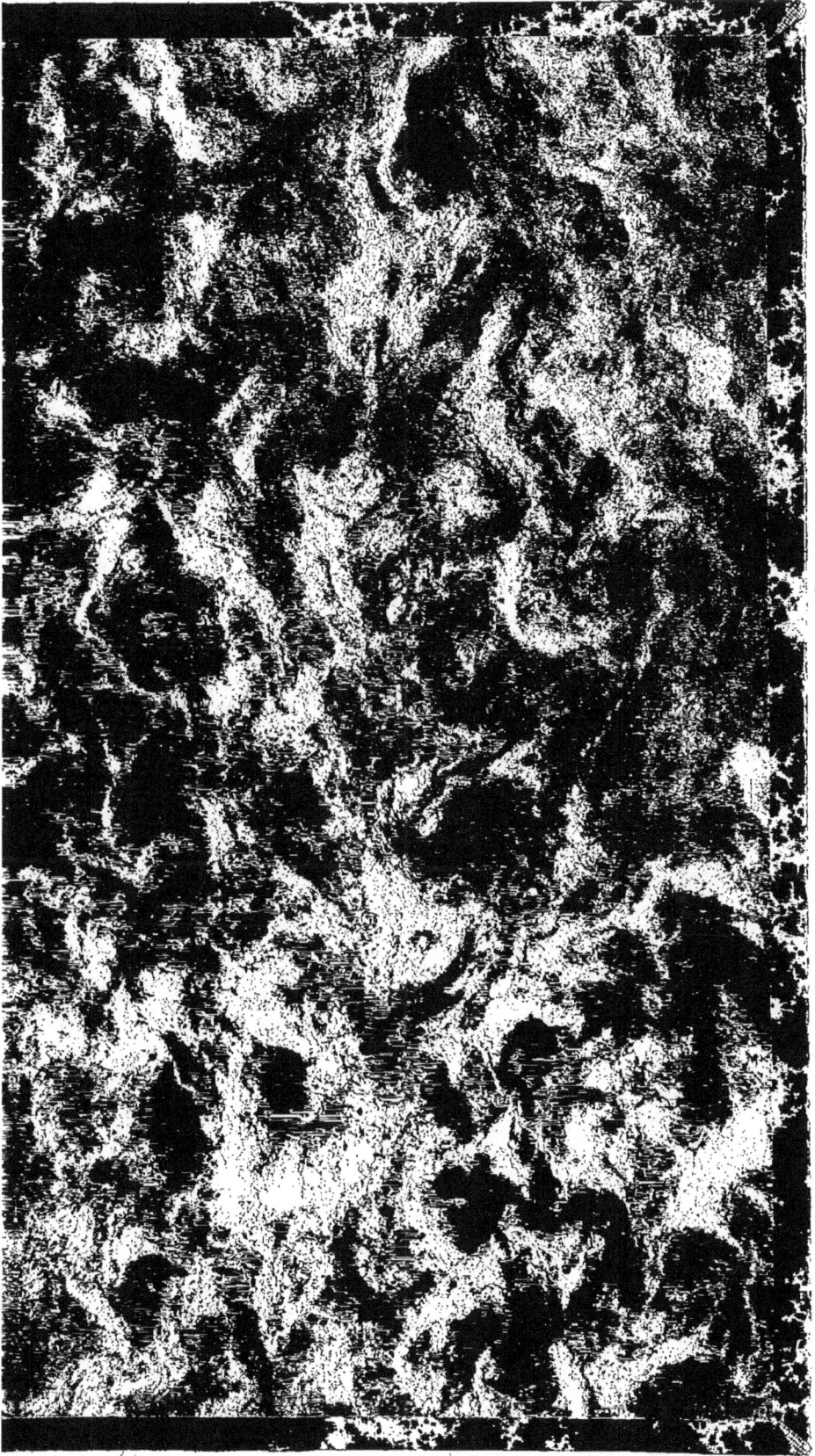

www.ingramcontent.com/pod-product-compliance
Lightning Source LLC
Chambersburg PA
CBHW071827020726
47502CB00004B/1264